記憶零度C

陳乙婕——著

國內外學界好評推薦

在篇篇文章中蘊含了和季節互動的心絮、思惟和感懷，而繚繞為浮生的記錄，值得讀者從字裡行間細細品味其中的細膩情懷與靈性。

——信世昌（國立台灣師範大學華語文教學研究所教授）

讓曾經同為時間過客的我們，對擦身而過的往日，油然起了來不及的臆想。

——阮秀莉（國立中興大學外國語文學系教授）

從熱帶台灣到四季分明的歐美，她的文字，總為人與人各式各樣的偶遇，保留一絲熖火般記憶的餘韻。

——高嘉勵（國立中興大學台灣文學與跨國文化研究所助理教授）

《記憶　零度C》，在季節的更替中，人在異地體會建構生命的元素，是換了一番視野後的重新認識。

——夏俊雄（台灣大學副教授）

以敏銳的文學學者視角，以寫意畫者般綿密而具溫度的筆觸，細細拆解、渲染與重塑當代異鄉人的情感記憶與生命故事。

——陳凱莘（喬治華盛頓大學東亞語文學系助理教授）

將心靈的印記，隨著季節更迭灑落在流動的場景之中，虛幻唯美的寫實，展露了記憶既永恆又短暫，能置於手中撥弄賞玩，卻又難以捉摸的特質。

——黃山耘（台灣大學外國語文系助理教授）

沒有華麗的裝飾、浮誇的辭藻，卻是洗練、清新、優雅而充滿濃濃的情感，觸人心弦，勾起人們對過去、對故鄉的回憶。

——蘇靖棻（政治大學外文中心助理教授）

推薦序
難得的生活美學

江漢聲（輔仁大學校長）

一個人對季節的景象，心情的點滴能化成這麼動人的文字，實在是難得的生活美學，這是我對這本書的第一印象。做為教育工作者，我常覺得現在的學生最缺乏的就是生活素養，包含對生命的熱愛以及對周遭事物的熱情，然而美學教育實在也不是簡單的事，即使是教文學藝術的老師，能用什麼樣的感受當成教材，讓學生引起共鳴呢？

我和本書的作者認識於輔大的美國校友會活動，很為她的能力和才華感到驕傲，她畢業於輔大英美文學系，不但拿到印第安那大學的比較文學博士，而且取得美國大學的教職。年輕的她，不但在學術上有所成就，而且活躍在華人世界的文壇，有著別樹一格的創作，從這本書可以感覺出來，她是在人生多樣的經驗中，淬取完美的回憶，透過生花妙筆與讀者分享她心中的彩虹世界，這和她平日熱心助人，活潑爽朗的個性契合，也是本書給我的第二個印象。

即使是文學詩詞，在現今要得到許多讀者的青睞，必須要有相當的創意，這是我們目前正在致力發展多元藝術文創的思維。作者花六年的時間去拍照撰文，把意象之美琢磨到相當精緻的程度，再加上她結合了文藝和哲理，用淺顯的表達，讓讀者一再深思，而這美感的迴旋就如餘音繞樑、三日不絕，這本書最大的可讀性，也是我的印象之三。

末了，我還是誠摯向大家推薦這本書，一本由學有專精的文學博士，結合多元美學與平易近人的筆觸所寫出的生活體驗，是值得珍藏的醇釀，讓我們一起來細細品味！

推薦序
那畫境使人著迷

陳勳台（企業家）

陳乙繐（Claire）小姐是我兒子多年前在普立爾電子公司的同事，那時只知Claire負責公司新產品發表及製作產品英文說明書。幾年後Claire負笈美國留學專攻英美比較文學，獲取博士。

前一陣子收到Claire寄來之散文集，代為校稿欣然答應。我今年六十多歲，從事國際貿易三十多年，最引以為傲的是將英國白蘭氏雞精引進台灣，設立工廠行銷亞洲及美、加、澳地區。

我喜歡音樂及旅遊，讀了Claire的散文集，以春夏秋冬作為各章節的主軸，描繪了風景、人、事、物輔以人生哲理，彷彿韋瓦第四季交響曲般令人陶醉、激賞。又好像看著美的畫布卻走入那畫境使人著迷。

生命，美在每一個點點滴滴的過程，只有一次。

夢想，其實很簡單。實現，只要心想，再多加一點勇敢然後就像魔法一樣實現了。

Claire做到了！

二〇一五年九月十二日於臺北

推薦序
盈盈的書香．雅雅的世界
陳乙緁以《記憶　零度C》抒發了旅美的情懷

李著華（《芝加哥時報》總裁）

旅美的年輕女作家暨學者陳乙緁教授的著作《記憶　零度C》是一本非常有創意、有靈性、有感性、有深度，又有廣度的書，這本書是她過去十年來從台灣負笈來美求學與任教期間所創作的詩詞、散文、戲劇與札記，讀完她的精彩作品，讓我有一種「如獲至寶」的感覺。

我與陳乙緁教授曾在美國華府有一面之緣，她的談吐不凡，人如其名，文雅美麗，讓我留下非常深刻的印象。在閱讀完她的著作之後，對於她淵博的學識與優雅的氣質十分的欽佩與羨慕，由於她中英的文學根基相當的紮實深厚，所以駕馭文字的功夫相當的嫻熟自如，再加上她又具有寬廣敏捷的思路與豐富多元的感情，所以在這本書的字裡行間不時閃爍出璀璨的文學火花與多彩的文化結晶，真不愧為她的嘔心瀝血之作。

由於陳乙緁教授對於她周遭的人、事、地、物都有相當敏銳的觀察力與解析力，再配合上她對春、夏、秋、冬四季的氣候變遷異動獨特的心靈感受，小心翼翼的用優美精湛的文字，一字一句勾勒記錄下來，最後再一篇一章的組合成了這一本書，她優美的文字散發出「盈盈的書香」，呈現了「雅雅的世界」，非常值得向大家推薦。

在整本《記憶　零度C》中，我們可以看到陳乙緁教授美麗又豐富的世界，她從旅遊中閱歷和累積了多采多姿的人生經驗，正是「讀萬卷書不如行萬里路」，誠如她在書中的獨白：「旅遊讓人真正活了起來，在細胞裡重生，望著眼前的美景，把每片風景都蒐藏在心裡，每一分美麗和感動，都是生活瑣事消磨的養分和抗體。」

除了文字與文學之外，陳乙緁教授對於哲學、宗教、戲劇和攝影等等都有很深入的涉獵與造詣，正因為這麼多元多樣的稟賦，而讓她對人生的註解、對感情的詮釋以及對生活的觀察都有獨到的觀點與看法，她的這一本《記憶零度　C》著作具有深度的內涵與情感，是值得讀者們去細細咀嚼與品味的一本好書。

於風城芝加哥

推薦序
冰清玉潔字晶瑩

朱小棣（旅美華人作家）

我們生活的世界越轉越快，彷彿整個地球在舉行著區域性的比賽。國與國之間，地區與地區之間，甚至每個城市之間，都已說不清楚到底是誰先誰後，誰快誰慢。究竟是你影響了我，還是我影響著你？誰又把誰再次推向更快的節奏？在這看似接力賽跑的熱鬧中，我忽然發現一位來自臺灣的漂亮女孩。她從不夜城的臺北出發，不知經過了多少年的學旅生涯，最終安頓在美國馬里蘭州一座遠離塵囂的大學（St. Mary's College of Maryland），臨著海濱的美麗校園。她在那裡靜悄悄地教書，熱騰騰地寫作，傻乎乎地攝影。冬去春來，夏離秋至，年復一年，日復一日。就像女孩子手裡編織的絨線，不知從什麼時候起，就漸漸有了圖案，一絲一絲的美，便這樣翩翩而至。終於織出了一部詩、文、畫三位一體的書稿，展現在誠心想讀的眾人眼前。

除了靜謐之美以外，很難說得出書裡還寫了些什麼。好像什麼都有，又好像什麼都不是。喜歡思辨的人，一定可以尋得出哲學的辯證氣味。例如有下面這樣的句子：

什麼時候漂泊一生的人會突然想要放棄自由而守候在某個橋下？什麼時候守在橋下一生的人又會選擇離去而開始旅遊？

當然還有說得更加肯定、不帶問號與懷疑的人生斷語：

過去，要是可以再來一次，在那個當下的時空，人還是會做相同的選擇，而這也是人的現在是由過去所成，因為過去的選擇永遠是一樣，所以才證明瞭目前的存在的價值。

畢竟，女孩有女孩的細膩，能夠捕捉到男女之間呼吸入出的空氣。一對即將分手的戀人，上演的竟是這樣一幕：

兩個同時在說著話的人，各自說著各自的道理，對方的文字，從左邊進去右邊出來，卻誰也不願意承認聽不懂對方的語言。結尾的時候，女方低著頭，看著地上對方的影子，輕輕說，分手吧。影子倒也有幾分真實的哀傷，卻也若隱若現，在眼底。別接近，彷彿對方燙的傷人。卻又開始真的想擁抱了。

女孩有時也會暫時假託男身的面目出現，分不清是剛出茅廬的英俊少年，還是閱人無數的中年紳士，只顧在一旁喃喃自語、忘我總結：

曾經，我愛上絨布般暗紅色的玫瑰，沒有什麼理由，只因為她高雅貴氣，美的很遠，是天上摘不到的星星，有刺。

白玫瑰，我從來不懂愛上白玫瑰的理由，是出自於同情，還是怎麼。

紅玫瑰是一杯烈酒，她存在。白玫瑰是一杯水，永遠在紅與白間掙扎，偶爾被誤解成黃玫瑰。

在我還以為深愛著紅玫瑰的同時，我卻愛上了白玫瑰。那種，就這樣了的悲傷。讓人不忍再看第二眼，讓人只能讓白玫瑰停留在記憶裡。那顏色，以一點也不沉重的方式，沉重著。

雖然早已在美國安營紮寨，女孩心中，無論如何也依然忘不了，距離遙遠的臺北。在那年復一年、日復一日地纏綿思念中，她苦苦不忘的臺北，原來是這個樣子：

臺北，很容易讓人忘了，有月亮這一回事。

臺北的美，在於因為那層層高聳入天的建築，讓人在臺北車站高樓的夾層間與夾層間感受到一場北極的旋風。

台北美在夜，那所有白日的灰，到了夜晚，卻閃閃爍爍，萬家燈火，從不歇息。宛如一件灰沙下藏著暗紅色的舞衣，要很仔細很仔細的接近，才看得清那隱藏著的熱情。

因為有這樣的記憶和思念，女孩終於行動起來：

一晚一首詩

給同一個假想的戀人

變成一種習慣
詩　和龍捲風一樣
瘋狂的存在

以上這些句子，還只是一部完整地劃分為春、夏、秋、冬的書裡全都僅屬於春天的內容。有心的讀者，不妨尋著夏、秋、冬的逐個來臨與周而復始的四季交替，去捕捉那一顆令人疼愛與陶醉的芳心吧。

二〇一五年一月二十日星期二
寫於美國馬里蘭州石家莊市（Rockville）蝸居

自序

《記憶　零度C》是從二〇〇六年，在美國印地安那大學布魯明頓校區讀書時開始斷斷續續的創作直到二〇一二年畢業，前後又刪刪改改四年，才終於在二〇一六年出版。

源於跟指導教授上法國作家馬賽爾．普魯士（Marcel Proust）的「追憶似水年華」一堂課，後來便以一個記憶為主題的實驗性創作。環繞在記憶與如何想念的主題，取材來自各地旅遊，往返台美經驗，觀察周遭人事物，閱讀的小說、詩、戲劇、藝術展覽、音樂歌劇等點點滴滴。由於喜愛羅蘭．巴特（Roland Barthes）、波赫士（Jorge Luis Borges）的作品。便嘗試在哲學、文學理論及文學創作間尋找一個舞臺做結合。文體也試圖在文類上突破，漫走於散文、圖像詩、詩及影像之間。

書籍的內容以四季，春夏秋冬為題，象徵生命的過程與輪迴，代表記憶的深刻同時卻又變幻無常。

ＩＵＢ就像一座時間靜止的人間仙境，四季分明，美不勝收。或許也只有在那樣的時空環境下，才能感覺到真正的寧靜與寫出那樣的文字。每篇散文都是單一情節，或偶如一個小劇場或電影的橋段。以獨白、對白，討論著各式各樣的人生，愛情與念想。文章以季節區分，因為年復一年寫下的東西都或多或少受四季的景觀影響，後來整理的時便把同樣季節的編放在一起。然後發現，即使相同的季節，變化可以那麼少，卻又那麼多。因為國外求學的經歷和之前在台灣經驗的差距，從城市到鄉村，從忙碌快速的生活，到一座生活步調很慢的大圖書館，從穩定熟悉有家人朋友在旁，到常常需要搬家，不定時旅遊，每天幾乎都有新的挑戰。因為這樣的地理與時空抽離原生地，你得以有機會開始去檢視與比較兩種世界，和裡面的價值觀，然後想尋找一個屬於自己的定位，或是一種讓人感覺紮實存在的價值。在這樣的背景下，記憶便是一個流動的物質。鄉愁、思念，這些與記憶相關的主題便常常反覆出現。然後文學藝術與音樂裡，大多環繞著愛情與生命存在的意義為主題。在現代這個科技發展快速的時代，是否還存在天荒地老的愛情？人們還可以用什麼方式想像愛。換句話說，人可以、願意、可能愛一個人多久？愛情是否有種族、年齡，和其他方面的限制？愛與想念的保存期限是多久？會不會受到時間、空間與距離的限制？有人說，世間上每一種相遇都是前世的久別重逢。所以散文中創造了很多劇場和電影裡有缺憾的愛情片段，和很多開放式結局。每篇都有不同的主角，演著世間常上演的各種劇情，文字是想像，篇章是情書，愛是可以透過各種對周遭事物感知來表達的。記憶隨著人的改變，時間空間的轉移，也會有選擇上的不同。當人對一切世間人事物的愛都可以昇華，冰汽的雪也會在陽光下結晶開花。

這本書的完成要感謝非常多的人，從家人，學校老師，學長姐，同事，同學，朋友，好朋友的父母長輩，和小貓，一路以來相信，鼓勵與支持自己走這條路的是大家一點一滴的細心與愛心守護讓人可以一直勇敢的堅持下去。

陳乙婕

二〇一六於National Harbor, MD

目次

國內外學界好評推薦／003
推薦序　難得的生活美學／江漢聲／005
推薦序　那畫境使人著迷／陳勳台／007
推薦序　盈盈的書香．雅雅的世界／李著華／009
推薦序　冰清玉潔字晶瑩／朱小棣／012
自序／017
第一章：春／027
櫻花開了／028

目次

那遺失的／033
變／035
一首歌的時間／037
花季未了／039
背影／042
窗外藍天／044
白玫瑰／048
生命／051
搬家／053
打毛線的女孩／055
夜／057
城裡的月光／061
臺北／063
午夜十二點／066
出走／068
交界／071

五月的草原／073
第二章：夏／075
夏暑／076
向日葵／078
一個月的城市／080
盛夏／083
彩虹（夏威夷）／086
黑白影像的宿命／089
雕刻家／092
阿拉斯加的岸／094
鏡內鏡外／096
那一片金色沙灘的夢／098
貓　在舞蹈廳的地板上／101
藍光／103
蒲公英／106

約定／109
破冰／112
海水格子／115
浮士德／118
流星／121
水滴月亮／124
敘事：記憶的持續性／127
捏陶／129
天空序曲／132
二分之一TANGO／135
中國城：記憶空間／138
MILONGA紅舞鞋／141
CASABLANCA／144
BASIL／146

目次

第三章：秋／149

秋釀／150
秋風　黃花　新月／155
點字／158
鐘／161
閱讀／164
茶道／168
錯過／172
晚安　夜晚／174
指揮家的右手／178
天燈／181
入鏡／185
入秋／188
THE HOTEL MONTELEONE／190
LAS MENINAS／193

GARGOYLE／196
ÉPÉE／199
VOTRE NOM／201

第四章：冬／205

白蝴蝶／206
飄雪／209
烏燕／212
SLEETING／215
冬天的旅客／218
雪花方程式／221
雪影　零下三度／223
歸樸／226
德國　下雪了／231
藍月／233
夜色／236

鏡子裡的雙人舞／240
過冬／242
威尼斯的嘆息橋／245
有效期限／247
海／249
旅行／251
捏麵包／253
三月／255
陽光的蹤跡／259

第一章：春

櫻花開了

日出
在不願意闔上眼的夜
天空卻睏了

雲散
在冬季雪融時
咖啡卻冷了

花開
在陣陣海風興起
泥土地卻被染紅了

冬季最後一場雷雨之後
殘留過季的唇印
留下別離

湖面上不太熟悉的倒影
水蒸氣在溫熱起的空氣中凝滯

天空陰鷙地如同鷹的眼
累積著灰色的濃度
直到承載不住

一聲雷響　刀子剪般
劃開天兩端
雨下

每年的冬季，總是得結束的驚天動地，一定要在某一個傍晚與淩晨，下一場雷雨，交織的雷電，打斷電視的訊號，像鬼魂般拍擊著窗戶，震著嘶喊著，要入內，窗簾印著黑影幢幢，不復記憶。那一夜雪全融了，竟也沒什麼人還記得，雷聲大的，雷電閃著，讓人對於走出室外一步，都躊躇著，水如洪流般，淹沒腳踝，淹沒思緒，沉溺在某種極端的喜，極端的悲，極端的過季。而後又一陣的累積，如暴風雨的海面平息，與暗藏的浪潮洶湧。一下子，世界倒轉過來，海是天，天是海，同樣的狂亂。

每一片烏雲背後，藏著一片銀色的襯底。只有在坐飛機的時候，你才能見到藍天與陽光，和一片深厚的雲海，而後一陣墜地，機身在一片雲霧之中，穿透雲層與雷電，回到接近地面的烏雲密佈，卻也遮掩不了一片雲前雲後，兩個世界的事實。

然而雨水仍是下著，枯枝是需要水氣與那剛被雨水打落的櫻花瓣，和入春泥，成為泥土裡的養分。直到如海嘯般沖刷過整座城市，帶走了人，帶走了支離破碎，帶走了某些快樂與悲淒。直到連掙扎都一起帶走。滿天的怨氣才又消融在放晴裡。

（……）路沒有盡頭　花朵都在時空裡輪迴著　換上不同的新裝
每季的櫻花　顏色都出乎意料的變換著
某一年雨水多一些　思念就跟著濃一些

某一年冬季冷一些　歡樂就淡一些
總有一些無法預料的驚喜　或意外　讓櫻花多了些情緒

桃紅也好　橘紅也好　米白也好
淡淡的紫紅也好　是裙擺上的小碎花
是一季期待的陽光
是香草霜淇淋上各式糖果的顏色
是孩子蠟筆盒裡的彩虹
和溶了一片的水彩
是夜晚盛開的百合
振翅白鴿的羽翼

花開了　春暖了
人面桃花
春風高歌著水巷間的船歌
思念傳入窗內床上入眠人的夢裡

花朵偏著頭　作起白日夢
在暖暖的陽光下　在藍天白雲
泛著閃爍在湖面的天光

色彩斑斕的花朵
長了翅膀般　隨著樹枝
伸展直至藍天的畫布
是四季的點描
是明信片裡字字的掛念

那遺失的

潘朵拉的盒子
及無法解碼的
象形文字

張揚
於一場無名
大火

漫天的火苗
塵囂
漫無法紀

毫無目的

時間　緩緩地流著

侵蝕記憶

運走點點滴滴的

曾經

書本上某一段的情節，又成了一片空白，彷彿阿茲海默症附體。在街角相遇？也記不起。雖然嘗試，捕捉那漸漸模糊的，卻如閉著眼用手摸著過去。怎麼也記不起，失了溫地一般。很陌生的熟悉。

當時，該留下一只箱子，好讓空白的過去至少有一丁點線索足跡。而非沉溺遺失。

變

天邊的彩霞
早就道盡了
人生

潮起潮落
隨著時間緩慢移動的
細軟白沙

問著　你聽到了嗎
聽到了嗎

手掌上的命運線
才剛印在沙灘上
在下一個浪來時
又重新排列組合了

重複畫著同一個景，卻因為環境，光線的不同，變幻出千百萬種的風貌。如同人的心，隨著外物的轉換，分分秒秒之間，變幻莫測。湖面不起風的時候，即使沒霧，世界也是寧靜的，起了霧，能有一番祥和的風景。沒有分別的，原來所有的都是同一天湖邊的風景。

一首歌的時間

如果生命　只有
一首歌的時間

夢想的盡頭
恐怕
在時間的流沙中
來不及兌現

赤著腳踏在夜晚的軟沙
月光中舞著

耳後髮根的香味
是春天的呢喃
如果生命只有
一首歌的時間

相愛
會不會
太晚

花季末了

生命　因為缺憾　才美
因為無法擁有　才成就永恆
剛剛暖起來的四月天　誤以為會開一季花
滿樹的繽紛　卻因一陣風起　進行凋零
昨日的綻放　謝了今晨一地
小徑上　靜默地聽著花兒無聲墜落
擁有的是分秒間的相聚離散　與短暫的錯身
一朵朵的傷心與歡喜在還來不及分清便倉促地逝去
昨日的綻放
只復見於回憶裡
黑白播放的底片

那剎那
在風的飄渺
凋零了
當年的記憶

那不同的日光與雲朵
見證了不同年代的
悲喜分合

四季開始的時候卻倒數向謝幕，或遲或緩，卻不是哪一個人比較癡心可以決定。人走散了。昨日還在陽光下微笑，卻對著重逢的相見搖著頭。時間銜接著片片斷斷影片落下的距離，間隙與間隙間，窄的讓胸口喘不過氣。明年桃花依舊笑春風，然而諾言卻無法預期實現。四月的豔陽天，曬的花朵落了滿地，還成了個個心型的印子。時間遠遠冷漠地在前季望著花開花落。水晶球的預言讓走在小徑上的人駐足了。時間，在耳畔低語，會過去的，彷彿說的事不關己似的。

時間卻只在嘗試解凍記憶中讓記憶變成永恆。一個不斷移動與變動的影子，無法消逝，卻永存在著，以剝離式地掉落，拼貼後再掉落。時間說緣分強求擁有不了。四月還沒過，分分秒秒卻如火煎熬著。誓言從未在劇本上落幕。天不黑，情不老。

背影

舞臺上，一對男女，背對著背，低著頭，長長的眼睫毛，覆蓋著。若有所思的眼神中，映著對方遙遠的背影。他說著話，她也說著話，兩個人說同樣的語言，文字卻像不同世界的倉頡字型，需要幾百世紀的破解。字典，考古，探索挖掘，卻仍然還如金字塔的建造般無解成謎。

兩個同時在說白話的人，穿梭於道理，對方的文字，左右穿牆般，卻沒人願意承認聽不懂對方的語言。就這樣到了世紀末，當某一顆莫名的星球撞上了地球，星象專家預言著世界將要毀滅之時，他們終於同時沉默了。

以沉默取代溝通。他們腦子各自努力想著對方說過的話，卻仍然想不出個所以然。所有的記憶就只是自己說過的話，唯一記得的，是那地上的影子。最終，因為從未移動的身體，人卻也變成影子了。然而，影子卻也是比較好的伴侶，它適當，適時的出現，承諾實現了那所謂的天荒地老與不離不棄。只是沒有什麼所謂的溫度，沉默雖然無法做任何交流，沉默本身卻也未嘗不是一種交流。一種，嘲諷式，和豁然開朗式的漫畫喜劇，突然，兩個人，都變成舞臺劇中的主角了。只是這次，他們不再是說錯了台詞，忘了台詞，語氣不對，表達不對，語言不對，版本不對。這次，他們選擇沉默以對。或許一開始，兩個就是錯誤的對手戲演員，因為劇團缺人的理由，隨便填補上的一個空缺。候補，小報上一角落出現的字眼。是的，只要是個人，可以說一些什麼，背出幾句台詞，即使荒腔走調，只要舞臺上仍有演員的聲音在環繞著，多一些變化而不再是獨角戲，因為不是主角，將就卻也是導演說了算。於是兩個陌生的人，穿上了搭配的舞衣，假裝一點也不陌生，開始倒背如流的台詞朗朗上口。久了，竟也演得彷如像一齣戲。然而唯有心知肚明的人知道演的是一齣怎樣的鬧劇。

只是這次，他們都累了，對於那虛假的面具，即使不自知，卻也感覺無力。對於鮮豔的舞衣，完美無缺的台詞，竟也膩了。所謂的一見鍾情，由偶然的邂逅，然後嗎啡上癮，就如那從未停止在不同X軸Y軸上突兀式飛出，與行走的字句，從未真正畫出一個和諧的平面。

結尾的時候，女的低著頭，看著地上對方的影子，輕輕說：分手吧。影子倒也有幾分真實的哀傷，卻也若隱若現，在眼底。別接近，彷彿對方燙的傷人。卻又開始真的想擁抱了。分手吧。兩個背影回應著沉默。

窗外藍天

文字在煦煦日照下
漸漸豐厚了羽翼
閃躲抗拒紙頁
Ａ４格式　間距　字數的限制
一如透明的水珠
在爐底漸熱後
蹦蹦跳躍於鍋上
滋滋的聲響
嚷著要蒸發

文字
由一個段落
分解成一個句子　一個字　一撇　一點
慢慢拆解
是柏林圍牆解構後
所宣示的自由無價

由大至小
那分子粒子在顯微鏡下
坐著超速旋轉咖啡杯
脫離中心
叛逆的筆觸

窗外　眼神背後隱藏的渴望
不滿於
壓抑著　只能實現於鏡面中
左右相反的

虛像實現

那虛構的空間
擬真的水銀架構出的世界
放大了原有的生存想像
在一面魔鏡裡
看到了那個深信不疑的自己

卻始終不願質疑
那左右顛倒的
原來也不過是一個幻影
多出來雙倍的空間
原也只存在於想像

然而，一如俄羅斯方塊，一扇窗之外，也有許多扇窗。那每一扇窗卻也是不同的。它彷彿是一幅有生命的畫，有別於湖水與鏡面，和觀看者總是做著某種程度的互動。它是獨立的，四季換著景色，改變著。那屋內的人，卻依然，由微小的時間變化，到日，到月，到季節。畫裡有流動的水，浮動的雲，風在樹林裡聽見，偶爾拜訪的松鼠，不同顏色羽毛的鳥，時間在畫裡融化了。

那一片藍天，始終存在，然而卻是有生命的，有喜怒哀樂，所謂的烏雲，積雲，彩霞，和夕照月影，所有的畫都只能描繪千萬種型態的一個剎那。然而所有的畫，努力留住的都不是真正的自然。因為它的多變，多面，是一雙自由的翅膀。

白玫瑰

曾經，每一個人都有一個曾經，某個遺失的年代。

在那一個所有願望都會實現的時候，沒有所謂，信仰及所謂信與不信的問題。質疑是不存在，又或許以透明的水晶般存在。世界所有的運轉都那麼理所當然與完美，所有的願望，都會在某個特別的季節，由神話裡的天使來實現。

在月光下，仰頭看大自然中滿屋的星子，用很輕很輕的聲音說，希望。然後希望與成真是畫上相同等號的。人不需要信仰，因為它是一種理所當然，當神的孩子還在天堂的國度時，所謂存在，本身就是一種信仰。心，是滿的，不需要神無限的愛來修補或安撫。只有在沒有缺憾的年代。

曾經，她愛上絨布般酒紅色的玫瑰，沒有什麼理由，只因為她高雅貴氣，美得很遠，是天上摘不到的星星，有刺。她孤獨，但卻很快樂的孤獨，在那一個沒有信仰的年代。

很多年以後，縱使她還是以為自己愛的是紅玫瑰，然而卻發現紅玫瑰無法給自己所有答案了，在紅玫瑰很開朗的笑容裡，她明白紅玫瑰不懂得人世間某一些哀傷，又或許即使她懂得，卻仍然裝得很堅強。仍固執地相信自己所相信的，煽動著孔雀般地羽毛，即使小王子去遙遠的星球流浪，她仍自信。

然而，多年以後，她卻發現，紅玫瑰，卻再也不懂自己了。紅玫瑰不會就讓自己靜靜哀傷地死去。她是再怎麼跌倒都會努力爬起來，卻也不願意在別人面前流淚的。即使跌倒，仍然要維持一貫的勇敢與美麗。然而紅玫瑰卻不懂她了。

白玫瑰，她從來不懂愛上白玫瑰的理由，是出自於同情，還是怎麼。她就那麼褪了色了，在傷了之後，讓心，漸漸地流失，而變成空的，不同於紅玫瑰沒有信與不信的問題，她的信仰是流失的。白玫瑰不顧尊嚴或是遺忘尊嚴，倉徨地在世間淚流滿面，忘了自己的名字也叫玫瑰，忘了自己也還有刺。她彆扭地，不承認自己也是玫瑰。太多的哀傷灌注在花朵上時，她竟也蒼白得不像花朵了。

紅玫瑰奮力地求生，白玫瑰，白玫瑰卻也沒有生與死的問題。她依著白色的牆，希望就此隱入單一的色彩，所謂的刺卻也往內生長。對於世人，她讓人感覺不存在一般，很安詳寧靜。彷彿一個虔誠的教徒，滿心的信仰。

紅玫瑰是一杯烈酒，她存在。白玫瑰是一杯水，永遠在紅與白間掙扎，偶爾被誤解成黃玫瑰。然而她又沒有黃玫瑰分離的意義，因為沒有開始所以也沒有分離的問題。紅玫瑰是已經知道要去哪個島嶼的探險家，白玫瑰卻只希望在落日前能隨著月光的出現寧靜的離去。

在她還以為深愛著紅玫瑰的同時，卻愛上了白玫瑰。那種，就這樣了的悲傷。讓人不忍再看第二眼，讓人只能讓白玫瑰停留在記憶裡。那顏色，以一點也不沉重的方式，沉重著。

她，從來沒有小王子，所以，也沒有等待的問題。她，以紅玫瑰影子似的存在，表露著紅玫瑰暗藏的哀傷。

生命

有時候是一首慢板的詩，有時候卻又倉促得快。有時候如行雲流水般順遂，有時候卻不見天日地在逗點與句點間掙扎著是否標號。

生命是一首詩。在一分一秒間，斟酌著怎麼行走，有時候想的多了，腳步慢了，有時候嘻嘻哈哈的卻也在眨眼間過了一輩子。一輩子有多久？她看了一下錶，然後說：那，一輩子，已經過完了。

生命是一首詩，很長的那一種。像一首壯烈的epic，又或抒情短行sonnet，時候卻也像elegy。有時候有轟轟烈烈的字句，有時候淡淡地喜悅，有時候濃得化不開的哀傷，有時候淺淺的雲淡風輕。有時候是白色教堂屋頂上的白鴿，有時候是湖邊的水鳥。

生命是一首詩，在晝夜間，假裝有晝夜。在喜悅間藏著哀傷，在悲傷中卻溫暖著。

是一株每天澆水，終於盛開的花，卻在落日中凋謝，在遺憾中卻又長出新的花蕊。

在平淡中有小小的驚喜，在風雨中藏著銀白色的絲絨。

這樣一輩子好嗎？

生命藏在白開水一般恬靜和寧靜的幸福。

淡淡的就好，淡淡的，沒有太大的喜悅，沒有太大的哀傷，沒過多的期待，沒有承受不住的失望。淡淡的，像細水一般，靜靜地，期待著，流著。心裡的寧靜。

生命是一首刻在樹皮上的情詩，寫在紙條上的文字，記在日記本尾端的一句話，卡片上中間那一首歌，大廳中旋轉的紅色舞裙，黑夜裡的月光，草叢中的螢火，深夜裡的一滴淚，深海裡人魚之歌。蚌殼裡的珍珠。

生命是一首在白色紙上，透明的詩，白的很寬廣，很遙遠，很深，很長久。

一首在陽光底下曬太陽的小曲。

搬家

那天陰雨霏霏，讓人想起去年清明節一起上陽明山時，也下著同樣的雨。整間屋子，不，整個人，整個城市，彷彿浸泡在過期很久的鹹水裡，所有的東西都皺了起來，與剛洗過又未乾的米色滾花窗簾一般。

一箱箱用紙箱打包的行李，一塊塊巨大的矩形原木，矗立在滿佈塵埃的地板，寧靜地等待，時代的興替。木箱裡又填塞著泛黃了的書本。在潔白的紙上，時間，一場不等人的黃禍，野蠻的橫掃過代代累積下來的知識，於是，陳舊的黃，殘酷的足跡，蠶食著原本白晰的紙頁。

她說，什麼都記下了。一本本的日記，載著年輕時的癡傻。當你在收拾日記時，常常很容易，在不知不覺中，又走過了一次年輕。搬運工人，辛勤的螞蟻，搬著女王蟻的乳酪，而女王，孤獨地坐在黑暗的房內。該走了，空氣中的分子，耳語道。再檢查一下有沒有什麼遺落吧，倚在門旁，就是跨不出那最後一步。是淨空了啊。走吧，走吧。

稻穗圖案的彩色玻璃，笑著說，看看外面那個在雨中的呆子。門把上留著許多許多的指印。四面潔淨的牆，迴盪的記憶中的笑聲，吵鬧聲，和悲傷的寧靜。再也看不到月亮了，從她最愛的天窗上。

喀。

門關上了，所有劇場裡演過的劇碼也隨之落幕。在空蕩蕩的舞臺上，紅色絨布幕後，唯一留下的是…演員不捨的心。

打毛線的女孩

她的身邊總是有一堆毛線球，各種顏色，粉紅的，白的，淺藍色的，鵝黃色的，青草綠的。還有一隻貓。貓喜歡把毛線球弄亂，拉得很長，滿屋子跑，滿屋子跳，把毛線球當作假想敵，追著跑。於是原本清清楚楚的毛線團，總是被貓弄得很糟，混成一團，好像貓咪自己的毛起毛球時一樣，很混亂。

她總是在晚餐後，點上花香的蠟燭，讓花香飄滿房間，取代晚餐溫熱的空氣，坐在火爐旁邊，拿起米色木頭細長的勾針，照著圖騰上畫好的圖案和線法，勾著不同的禮物。一頂毛帽，一條毛圍巾，一雙手套，一個桌墊。一針一針她感覺活得很踏實，心漸漸從天空中飄浮不定的空氣間，慢慢降落下來，穩穩地貼在勾針上，像春天的落花，倒映在湖水上一般地貼在毛線裡。

那預定好的圖，總是跟完成的作品不太一樣，她用毛線紀錄生活。某幾天她開心了，一針一線打得很緊密，整整齊齊地像法國鄉村一片的薰衣草田，某幾天，天氣陰陰的，她的線時而寬鬆，時而太緊，淩亂的很慌張。

打毛線是一種自我催眠，她說。思念的影子，輕輕地像一個吻一般，淡淡地像蝴蝶一般，點過平靜的湖水。

乾乾的木頭在爐火內霹霹作響，炙熱的紅光在漆黑的爐內跳動著，浮光掠影，也不過就是一頁頁昇華的記憶，化作那煙炊，然後靜靜地幻成淺淺灰色的雪，從天而降，平平地貼在爐子的底層，一片冬季深夜裡的雪面。

室內唯一的聲音，除了爐火外，貓咪時而呼嚕呼嚕地，再而就是手上兩根木製的勾針交錯時的聲音，很像遙遠非洲國家，深沉得沉重的鼓聲，遙遠地在遠方一片漆黑的大草原上，神祕地，只聽見一聲聲震動大地和心的脈搏，埋在地底的聲音。

她看著窗外遙遠的天空裡，點點的星光，和月影，想著，禮物的主人。

那一頂毛帽，那一條很長的圍巾，那一雙毛手套，還有一件貓咪的肚兜。

隨著牆上秒針分針的滴答聲，她獨自勾著未完成的畫，和所有的夢想。

貓咪從混亂的毛線堆中甦醒，在地毯上伸了一個大懶腰，靜靜地走到她腳畔磨蹭一下，然後跳到她膝上，偏頭看著她，喵了一聲，窩在她腿上，漸漸睡著了，在很深很深的夜裡。貓咪做著什麼樣的夢？

夜

風
輕輕的雲　清清的夜
淡淡的空氣　冷冷的天
要入冬了

月很高
尖尖地掛在天邊的一角
在黑暗中　在雲間　在星空裡
像眯上眼時候的一個彎
淺淺的一抹微笑

香香的　那沐浴後的水蒸氣
一滴一滴　流順著脖子畫下
某一世紀的河床流域
透明的水珠
沒有任何的情感

那捲曲在耳際的髮絲
訴說著要拉遠距離
看人世間糾纏故事

海底的謎語
刻著　宿命
人卻拗著脾氣
不語

水滲透夜晚的睡衣
打著哆嗦

傻望著窗外的月
慵慵懶懶
綣曲成一團
在沙發的某一小角
發呆

心，思念著。那遠方一隻，白灰的貓。人總是不知足。頭髮捲捲地抗議著自己的貪心。遠遠、另一端、的一個小島，下著，絲絲飄渺的雨，綿延著，一如那永無止盡的思念，延續著，從客廳的這一端，到那一端。啊，原來只有一點點。只是人都把它誇大了。伸出冰冰冷冷的手指，點著地圖上的這一端與那一端，原來只有一兩個手指般的遙遠。卻恍惚以為是上輩子了。

怎麼淡淡的哀傷竟也只是淡淡的，只有偶爾在一個字也寫不出來時偷偷地浮現。就像愛情，只能非常非常的純粹。那執拗，不是月亮可以理解的。遠方的火車汽笛，響著。好久好久了，頭髮卻還濕濕的，夜半的時候，誰懂得那就叫做喜歡。以為只是一個傻子陪著另一個傻子，做著同樣的夢。只是在寒冷的時候，那熱熱的奶茶，總是可以帶給人幸福的感覺。人會不會像月亮一般，隱藏著自己的喜歡？或是說這個季節長大了一點，那個季節又變小了？抬頭問著月亮？星子淡淡地回應著該去睡了，於是明早會醒的。

城裡的月光

福爾摩沙，一個很熟悉又很陌生的感覺。走在臺北城市中的時候，不知怎麼地，感覺像去一個異國城市旅遊。幾乎已經忘記了臺北的味道。

因為有一段時間了。然後，突然發現自己是人群中，走路最慢的那一個身影。彷彿時空已錯置一段時間，人在臺北卻走著小城的步調。所有的人都在趕著。想起自己以前身影，總是在趕著。然而國外的生活步調，生活慢得讓人幾乎感覺不到時間的流逝，一晃眼，就一年，一晃眼，草地又淹滿了大雪，然後再隔幾天，又開了滿山滿谷的花。中西部的月光很孤單，你看見一望無垠的空地，什麼都很寬廣，每個人可以擁有的空間，很大很大，但是很孤單，孤單到好不容易看到一個陌生人，都像親人。城裡的月光很明亮，單單地落在蒼穹畫布的某一角，人可以很容易的觀察到它位置的變化，圓缺的變化，常常你可以讚嘆月亮好大，月光好亮，清冷得很特別。

臺北，很容易讓人忘了，有月亮這一回事。在東區，你擁有整片千千萬萬不同的月光，很燦爛，斑爛到讓人分不清真假，忘記到真的月亮，只有一個。掛在哪，還是孤單的掛在天空某一角，然而你幾乎不太可能找到它。因為它埋在不同的高樓間，在許多霓虹的背後，沒有人，會注意到在車燈路燈，各種不同美麗衣服鞋子的背後，有一顆簡簡單單，冰冰的月亮。也沒有人，會發現它的變化。臺北人的孤單方式很不同，他們嘗試用忙碌填補空虛，忙的，幾乎沒有時間發現，假裝不用承認，忙的，玩的，用各種不同的活動填著空虛。美國小城裡，靜到死寂的夜晚，只剩窗外月光和你，不管什麼感覺，都很真實。

然後，不知什麼時候開始，文字上的這一端，那一端，模糊掉了。在以為一直可以分的很清楚的時候，糊掉了。當同樣在說這一端那一端，但是人在不同端時的這一端和那一端，變了。

不會變的，大概只有同一種想念吧。

臺北

有人說那層層灰色建築物，很繁忙喧嚷的街道，和那無日無夜的霓虹燈，夜生活，永遠匆匆忙忙的生活步調和走路的節奏，是臺北。

當世界上所有的藝術家，詩人，音樂家，讚嘆著大自然，各種形式的創造，譜出自然的美，對於一個從小生長在都市的人來說，會有一種很詭異的感覺。

詭異，是的，因為城市和鄉村是不一樣的，如果有不同的標準，那標準也是迥異的。所有的藝術品，其實都是由地球的原料捏出來的，鄉村的泥土，城市的鋼筋水泥，都是同樣的原料，柏拉圖在紙頁與紙頁間談論著人們如何在藝術複製那不能複製的大自然。詭異的原因在於，捏出不同的生活環境。

臺北的美，在於因為那層層高聳入天的建築，讓人在臺北車站高樓的夾層間與夾層間感受到一場北極的旋風，打亂人的頭髮，吹起人的白色百褶裙，那一層層灰色的蘇打餅乾中卻藏匿著一個個井字的藍天。因此整片一望無垠的藍天，被玻璃化了，像威尼斯的大教堂，藍天是一片片的藍莓夾心，是一塊塊的拼圖，偶爾幾隻飛鳥出現了，又消失了，從這一頭的方塊掠過，跳過兩格音符，又出現在下三格的藍色方塊中，玩著捉迷藏。

那在捷運與捷運盒子進進出出永遠急促的的腳步，踩著踢踏舞般地節奏，或是那四面玻璃牆的舞廳中的快三步華爾滋，低著頭，小聲地膩在耳邊問，那，親愛的，你趕上我的腳步了嗎？像坐雲霄飛車一般，心，上上下下的，想著還未了的公事，想著要趕的會議報告，想著聚餐，心，上上下下，起伏的速度，像在跟自己戀愛，這一刻愛了，於是好像飛到天上一般，下一刻不小心過了一班公車，卻掉到了谷底。有沒有很深刻，卻得問錶上那從未停歇的秒針。

那無日無夜的霓虹燈，車燈，打在會發亮的黑色柏油路上，滿地的碎金，滿天的鑽石星星，懸浮在空氣中的熱，是彩色的螢火。卻也不是生來讓人捕捉的一幕幕一閃即逝的片段，那一回回說書歷史，霓虹閃爍地打著拍子，跳躍在那烏黑的深海，風來了，一片地滑過，雲經過了，一片地暗掉。玻璃的高跟鞋踏在舞池中，踏在冬季的冰上，踏在玻璃上，踩著不同的舞步，圈子轉得讓人暈眩。台北美在夜，所有白日的灰，到了夜晚，卻閃閃爍爍，萬家燈火，從不歇息。宛如一件灰紗下藏著暗紅色的舞衣，要很仔細很仔細地接近，才看得清那隱藏著的熱情。鐘敲著十二點，於是大家都活了。鐘敲了十二點，於是換一個世界了，兩個世界存在同一個空間，兩個世界交錯在同一條地平線，你睡了，我醒了，我睡了，你醒了，好像不停地換著不同的舞伴在一個城市中扮演居民。

那永遠不消失源源的能量是城市的發電廠，臺北從來不會累。沒有所謂淡淡的哀傷，或許有偶爾幾抹淡淡的孤寂在很多很多的人群中，卻又不真的感到孤單，埋在人山人海中，你可以不用聚焦，也沒有人會發現你的孤單，於是孤單也就變成隱形的了，小到連你自己也會不經意就遺忘，只感覺那一團又一團的人群擁簇。

臺北永遠是年輕的，沒有日夜，永遠是不夜城，永遠跳著舞，雙人的，單人的，永遠跳著舞。

午夜十二點

午夜十二點整
她又嘗試尋找
白紙黑字間
自己試圖謀殺的

感情

墨水微弱地
掙扎　浮出溺水的潛意識
和被擦子　試圖塗去的片段

一晚一首詩
給同一個假想的戀人
變成一種習慣

詩　和龍捲風一樣
瘋狂的存在

文字間
玩著捉迷藏
影子間
閃躲瘋狂

出走

所謂的de-familiarization，在熟悉中產生出離感，在不熟悉中意識到失根。大部分旅行太久的旅人，統稱流浪的人，都會漸漸對舊有環境感到陌生，卻漸漸習慣於陌生在陌生之中。彷彿，在踏上行程那一秒的當下，命運就已經註定好了接下來的路，彷彿離開的那一刻便已宣示回首只是徒惹陌生。人往往意想不到時間空間，那點點滴滴秒差的不同和影響，卻忘了滴水穿石，改變往往是從細微之處開始發酵，好像種了一粒種子，任由時間，等待適當的雨水，陽光，氣候轉變，某個時刻，便開了某種花，結了某種果。而旅途上一路有著怎樣的風景和氣候，卻也只有旅人自己心知肚明。於是，形體上的出離，漸漸延伸到形而上的出離。肉身確實是離開了，那沾著異國的露水，陽光，空氣，難道也代表靈魂又重新受洗了一次？那一切的改變，你無從得知，然後就像被魔術師放進一個時空寶盒，重新出來後，已仿如隔世。你想著不同世界的故事，說著不同世界的語言，你不屬於原有的世界，對於異鄉，卻也永遠是過客，你的前半生在某個地域，信仰著某種從未被質疑過的信仰，價值觀，後半生因為移動，承襲了另一半球的某些信仰，價值觀。然而卻如走在蹺蹺板上的人，你試著尋找那平衡點，調適不同的衝擊，反思，做自我辯證。那所謂的hybrid，認同感移植了，轉換了，在界線間擺盪，人變成一種混合體，卻又不屬於某一種，所謂灰色的地帶，介於生死之間，介於過去與未來，介於肉體與靈魂。混合著歷史與超現代，活生生地被抽離於當代，出生的胎記位置已被取代，人只屬於一個一次元的物體，不論你在世界的哪一端，總有一部分，是空缺的。

於是你渴望那原有，不移動的感覺與穩定，是在某一端紮紮實實地從空中著地，期望以肉體的存在漸漸換回出走的靈魂，然而答案卻是未知。永遠都沒有人知道遺失identity，是哪一種認同，又或許如哥倫布一般，所謂航海家的identity即是變動，漂流的，浮動著，轉換著，沒有落定了結的一刻，彷彿飄在天空卻永遠不夠重到足以重到降落的羽毛。而如果人可以簡單一點，或許你輕易地選擇這變動，也未嘗不是一種了結。然而人總是矛盾的，總在嘗試捕捉捕捉不到的認同，在徒勞中仍然不斷地做無謂的試煉。直到某一天。

或許，真正的出走，只有離家過久的捕魚人才懂，當船行出海的時候，陸地就已被拋在後，每一處陸地，都得是家，一個陌生的家。你不屬於任何世界，世界的每一處卻屬於你。習慣了自由的人，很難失去自由，一如被迫習慣自由的人，很難再被迫失去自由。於是，大部分的旅人，在踏出城的那一刻，便已註定一種改變，天生的航海家，只能註定當出海的人，一如愛上飛行的機師，一輩子都只能與雲朵為伍。當陸地與岸邊漸漸陌生地成為一個模糊的名詞，那偶爾的落地，反而是異常了。習慣旅遊的人，是永遠的出離者，即使在最熟悉的地方，出離的狀態總是不受時空的限制，對於回頭，只不過是一則短篇的小故事。

交界

所有的夜景都一樣嗎？在幾萬英尺的高空上，你懷疑漆黑的夜空是深海的底端，珊瑚閃爍著各種不同的光芒，自己是一隻會飛的小丑魚。

在午夜十二點，早已想不透是珊瑚在移動，是世界在轉，還是自己在飛翔。又或許，兩者都同時移動著，不同的頻率，所有的星體以不同的速度自轉著。你看著底下星光閃爍，有整片的，方形的，零星的，帶狀的，然後你想像著一天前的自己可能是其中某一戶的人家，裡頭可能開著一盞燈，主人和一隻虎斑色的貓坐在火爐旁，打著瞌睡，那一盞燈和其他千千萬萬的小燈毫無不同，在冰冷夜裡透著不同的溫度。當從美國東岸到西岸的時候，和離開台灣感覺是很不同的。美國大陸一片的燈海，可以持續很久，看人頭貼著冰冷的玻璃窗開始打起瞌睡。天上的星光比不上陸地上的，陸地上的星光跳著，閃著，唱個歌。你想著那一條長長閃爍著的金色皮帶很像流星群，也可能銜接著兩個不同的城市，其密集的程度，或許是週末的大塞車。然而，一切的一切，當角度拉廣拉遠，都變得很美麗。有城市可能的疏離，在幾萬英呎多個高空上，變成各國不同人種，因為巧遇坐在隔壁，偶爾交換幾句，在微弱的燈光下，你努力地想用相機拍下窗外的景色。然而卻遺忘，最美好的或許只能偷偷藏在心中，因為已經超越所有文字圖像可以表述。最美好的，因為無法用任何形式的東西複製，因為也許同樣的景一輩子只會看到一次，因為每一次的星光都不同，不是想看就可以看到，所以變得獨一無二的特殊。你不斷地按快門，卻只捕捉到千萬分之一的感動。一個時間點，兩樣心情。當你從陸地上望著起飛的飛機和所有的繁星。當你從天空上望著地下的燈火。上下左右，方向，時間，空間，或許都已經不重要。

一個日出兩個世界，你追著時間，還是被時間追著，你跳過了一天，還是多了一天，或許也不重要，因為多得的會再還回去，失去的會再補回來，所有的意外都不是意外。

五月的草原

還沒到夏季前，她把自己放到一片草原裡的一間小木屋中。讓日子，就只有朝陽，夕陽，月光，螢火，小湖，幾隻小野鴨，小松鼠。蔬菜，水果，牛奶，月亮的聲音，星子的聲音，螢火的聲音，和自己的聲音。

記憶裡的詩，慢慢地，從湖底，浮出了水面，像一條條有彩虹鱗的魚。星子與湖水跳著黏巴達，貼在湖面上，閃爍著，又像一曲搖籃曲，唱著孟婆在奈何橋旁提供遺忘之水的催眠曲。文字，不求人懂，以孤單沉默的形式存在。半個月亮愛上了幾千年前的詩人，她望著字裡的自己，疑惑著，改變到底因為時間，增加或流逝了幾分。那一層層歷史的灰燼，終究也在夜間化為螢火了。那等待花落的剎那，有人窮盡了一生，卻尋找不到文字裡的謎底。和自己的身世打著猜謎解謎的遊戲。於是為了說故事，竟也把自己變成主角了，就好像為了要有信仰，先得釋放出一個一個空洞的意符，好像一滴長了翅膀卻不能飛的墨水，釋放出了的空間，於是信仰才能如水般補進。

那一個五月的草原，是有特殊的意義的。它將不會褪色，即使藏在記憶的盒子裡，沒有什麼存在的作用，只為了當一片永遠翠綠的五月草原。很安心地，留住了所有的。沒有顛倒的天空，邏輯在於嘗試跳脫於建構。有人說愛只是一個建構，一個傷痕。問號有如星星一般大，我們何嘗都不是愛著自己的想像，對方的想像，甚至所謂愛的觀念，也是一種世間的建構。它跟柏拉圖思想裡任何一個概念沒有任何的不同，人總在幻影裡存在，泡在一池幻覺卻又不肯清醒。好像原子彈的記憶，必須存在於公開的空間一般，人的傷痛，必須透由訴說別人的故事獲取釋放，而原子彈後存活著的人都突然變成了一種媒介，給別人說故事的題材。而後我們都在編織各種不同的故事。

五月的草原，一個永恆的空意符。

第二章：夏

夏暑

城中延宕的
是某一季重生的月光
點亮螢火周遭的繁花

溫度漸熱　空氣稠
濃密的濕度　混淆了　夢與現實
時間暫止
在深夜磅礴大雨中

閃光畫破某層意識的殘夢
遺留著的千古萬言

時光暫止
鐘擺停歇
彷似
永恆

向日葵

蔚藍的天，捲成了龍捲風的形狀，向日葵以日填上，畫家讓自己成了畫，與自然融為一體。顏料膠著，在狂風暴雨中奔跑卻找不到出口。那不是孟克的吶喊，無聲地在黑夜裡孤單的恐懼。那是存在裡最深沉的孤寂，在巴黎的小酒館裡，在露天咖啡廳的月光下，在金黃的田野中，在深夜的礦坑裡，在莊嚴肅穆的教堂中，在陋室內，他尋找著同伴，卻落得孤單。無所不在，蔓延著。

那深沉的孤寂，帶著寂靜的美，即使參雜著些許瘋狂淩亂。因為周遭世界的漆黑，星光才得以明亮。那世間處處碰壁的畫家，問著上帝，卻從未放棄的信仰暗藏在點點星光中。不安寧的靈魂，張顯在各色的鮮黃，橘黃，暗黃中。

等待是一種還無止境的旅程，畫家不斷地在等待中落空，在無解中循環，然而卻仍悲憫在土地上耕作的農人，煤坑裡的工人，市街上的街友。

那風，藍天，是大地的顏色，上帝的聲音存在大自然裡。

那旋轉，糾纏的樹枝，藍天，畫布，儼然是詢問與無解的蛇舞。緊緊地捆綁著想要掙脫的靈魂。

畫家渴望陽光，卻又觸不及，於是把自己變成了陽光。

在小鎮酒吧的牆角，塗鴉著，都是各自孤獨的存在著，然而世界上所有孤寂的人總地加起來也就不孤寂了，這一種孤寂，只是暫時的。

然而，梵谷的孤寂，卻沒有終止過，像樹枝般地延展伸長，向上攀爬，向心的底端紮根，向靈魂的深處延伸，毫無止境。

終究，那向日葵，是陽光，是渴望日光，是花朵的微笑，是信仰，是愛，是希望，是落空，是掙扎，是不安，喧囂的瘋狂。

或許，終極的孤寂才有藝術上的重生，那在平凡樸素中的構圖與用色，純樸的畫風，鋪陳著中下層社會的生活，在簡單的家具擺設，家人用餐，微弱的燈光下，閃著溫暖。那是畫家所渴望著的。

在田野月光下，星光裡，閃爍著的是世人不瞭解的心，畫家靜靜地在陋室的畫間，最終奪取了形式上的喧囂。真正沉潛入自己的世界裡。

瘋狂，成為最後的句點。

一個月的城市

從什麼時候開始
記憶裡故鄉的城市變得像半個月亮一樣
在孤單的夜　閃爍著

出國幾年後，每年回國，總是只能趁寒暑假，像候鳥一樣，短暫的居留一個月。漸漸地，記憶盒子，被從小到大的充滿著，現在對故鄉都市的記憶，開始被片段風化。一個月的臺北。臺北開始變得像一個陌生的都市，你變成一個旅客，開始探險從小到大生長的地方，像個觀光客一樣，尋找著未知的角落，才發現自己真正是一個長期居留的觀光客，原來很多地方都沒有去過。

為什麼叫一個月的臺北？

感覺和半個月亮，一口月餅，一匙霜淇淋沒有太大的差別。總是那某幾個月。

五月機票便宜，學期一結束。那時的臺北，漸漸開始悶熱。七八月的臺北，酷暑，悶濕，讓人很容易熱中暑。冬天，又濕冷，因為濕氣，冷到骨子裡比冰天雪地還冷的天寒。臺北印象漸漸變得不連續了，少了一系列的四季，又或許在亞熱帶的台灣，四季並不特別分明。

即使那街道與繁華在程度上總是類似的，每年回去，總會發現些許改變。讓自己又再度成為陌生人。家鄉的陌生人。

一個月的城市，卻累積了一年的思念，城市空間與街道，到底是因為人，才產生意義，還是市井街道本身就是符號，透露著國家，文化，科技，經濟，卻透露不出思念。

走在行道樹間，公園河濱的板凳上，坐在淡水河畔吹風看夕陽，想像著思念總是因人與記憶而起的，地景因為故事而產生了靈魂。開心的地方，難過的地方。

一個月的城市，人因為歷史而完整，然而歲月的流失，不同的人，在人生階段，來來往往，淡入淡出，比較深刻的足跡，抑或蜻蜓點水。時間沖刷了很多，留住的是什麼。在等待的是誰？在的，不在的，想念的，失去的？

一個月的城市，也叫半個城市，城市像一顆心，少了一半。某種失去，某種缺憾，某種因為時間和空間變換造成的不完整。

城市的想念，因為思念人的消逝，而漸漸地淡了。如果生命需要尋找某種意義，歸途需要理由，一個月的城市，讓人造訪的動機是什麼？

又或許，世界上所有的旅遊，對某些人來說，不需要意義。然而有時卻總需要一個出航的想像也好，地圖也好，某種具有動機的理由。

一個月的城市，只剩下了一角，是期待更多一點，還是殘留的記憶，還是最珍貴埋在意識與內心最深處，不願人碰觸的角落。

臺北，多麼一個模糊印象，充滿矛盾，讓人糾葛的空集合與流動的意符。告訴我？該怎麼想像？

盛夏

色彩就在剎那間堆積起來了，一個擦身，彷彿飄到空中破掉的氣球裡落下各式各樣顏色的小碎紙片，在降落到大地之後，緊緊地依附著，展開各式各樣的花朵。

也許某一天，你會記起某一個人，或許是在經過下著花瓣雨的小徑上吧。只有在不切實際有如夢一般的景色當中，記憶和現實的交界才會忽然變得很模糊，沒有所謂的疆界，你伸出手，接到了一朵貪玩掉落的花瓣，突然像長了羽毛一般，在數秒間降落地很慢很慢，承載著許許多多片斷的歡笑，在不同的過去時刻。盛夏的顏色很矛盾，張狂的很張狂，卻是靜默式的，含蓄的卻也很含蓄，淡淡淺淺的粉，淡淡淺淺的藍，淡淡淺淺的綠，黃，紫，一切淡淡地，找不到其他比淡淡更強烈的形容詞。彷彿深怕被誰記住一輩子似地，想安靜地就這樣過一季。

溫度也漸漸地堆積起來，隨著日照高升，一束束的光令人炫目。一如某天聽說湖邊的水在十幾年來第一次溢了出來。冬日的足跡早已不知蹤影地隱沒在鳥鳴間。

彩色的羽翼，振動在凝滯的熱空氣中，卻不曾見水氣。縱使抬頭看見一片蔚藍的海，也只是海市蜃樓般地聽說一段路之外的湖水溢滿了出來。

那滿溢一地水，在泥土地上嘗試書寫什麼，淹覆不了歷史卻不知道想要掙脫什麼。於是含糊了一地的咖啡色，泥濘得就像卡布奇諾和奶精在白色的咖啡杯裡跳的阿根廷Tango。

湖水的波紋是音符，隨著時間，像手上的皺紋，不知在什麼時候卻連在一塊了。在陽光下閃爍鑽石般的色彩。緩慢地浪漫，卻跳不出框框。湖水的波紋是白色裙襬的摺皺，在風中像蝴蝶翅膀一般地微微揚起。

那一個完美的月。即使起風，也抵不過凝重的溫度與陽光，風起的像一塊塊透明的果凍，浮在許許多多的色彩之上。

臨近傍晚的時候，一片青草香漸漸從白日的尾巴滲出，瀰漫在暈染的旎彩蒼穹中，野雁隨著落日的方向，成群地在畫布上畫著幾何圖形，嘗試說清那永遠說不清的誤解，那無人理解的幾何。隨著天漸暗，大地漆黑的莫可奈何中，卻閃出點點陸地上的星光，舞動著的繁星，唱著仲夏夜小調，晃著湖中槳，搖著小船，星光閃爍在湖面上，隨著風，一片片閃亮的星光，在湖上面移動，隨著偶然飄過的雲朵，遮住了月影，於是水面上閃爍的金沙時隱時現，神祕地像蒙著一層面紗的吉普賽女郎，那暗紅色的長裙邊際，有弧度地掛在天與水的邊界。

一切都沉了，醉在紅色液體中，是濃鬱的葡萄香。澀澀地在喉中，熱熱地在心中，腦子卻起了一把火，像一場燎原的天葬，祭祀著遺失的冬季和其溫度，說著異國天荒夜譚的故事與奇蹟。星子眨著眼，看著莫名地紅，隨著夜風薰滿了臉。

彩虹（夏威夷）

她總幻想，在熱帶雨林上的那片烏雲外，在常年時而雷陣雨的森林外，那一角天邊的彩虹是永恆的。總是隨著日出，月照，常年恆在。你每天都可以見到的那種熟悉與甜蜜。

夏威夷，是一種夢幻般彩虹般超現實的島嶼，在島上，分不清島民與旅客，似乎，每一個走在島上的，晨跑的也好，走路的也好，每一個看起來都一如在度假一般。真正的島民，是在其他小島嶼上如殖民地般的田地耕作的人。然而，那一座座的別墅卻也不切實際地不能真正被擁有，人只能買房子，地租到了，可以把房子搬走，卻不能擁有土地。那種似有若無，飄在空中的感覺，它是一個夢。度假的，度蜜月的，活在彩虹裡的人去的地方。

蔚藍的天，各種藍綠漸層色調的海水，貝殼，峭壁，與不同形狀高低不一，曲折誘人的浪花。那一片寧靜，慵懶，讓人很容易醉在月光下草坪上，火炬泛在入夜的海水白沙上。所有的一切都是美好與讓人心動的。那是戀人的島嶼，島上的人都在戀愛著，整座島嶼用各種聲色，有形的無形的，不同強弱的風聲，強度不同的海水，波度不一的日照月光，譜著各式的情詩，直到，人無法自拔。

島上的鳥，是最美的，色澤鮮艷，一如亞熱帶盛開鮮豔的花朵，一如野豔的佛朗明哥舞，毫不羞澀地掩藏那奪人勾魂的目光，直辣辣地。一如街上隨風揚起各色引人注目的亞麻紗麗，雙層草編成的米色草帽。

它是一個沒有時間概念的空間，不是流水式的，不是摺疊，不是輪迴，不是凝止，它是一個無時間的空間狀態。無時間，每一瞬間，都是相同卻又不同的，島上每一寸風，撫的觸感都是一如從海上來的。人踏的沙，纏繞卷曲著記憶，踮著腳趾，只為了感覺那沙在腳尖裡不同壓力下的感覺。

夜晚火炬的沙灘上，可以聽到遙遠日本鼓的舞蹈，香檳滑過舌尖，像慢板的Tango，讓人聽著潮汐往來，那一頁又一頁的情書詩篇。月光刻在白沙上的海誓山盟。所有的人，都在戀愛著。

六十歲的海軍軍官，閃著孩子一般的笑意，鬧著求著婚，戴著金色細框眼鏡的學者，很自然地聊了起來。火炬在月夜下，閃爍著的是情人眼裡的愛意。

整座島都在歡唱。

彷彿與生俱來的幸福就一如那永恆的彩虹，蔚藍的天與水。那黑夜呢？有懸崖峭壁，有暗藏漩渦鯊魚與險坡的美麗海水，一如那讓人不曾注意到的黑夜，讓彩虹消逝的黑夜。那如履薄冰的幸福。然而，整座島嶼都在做夢著。戀人奮不顧身地愛著，相信著，那永不中斷的彩虹，在彼此眼中不分晝夜的彩虹。

當人在夜晚睡不著覺了，那就是戀愛了，那是島嶼的魔法，每個呼吸島上空氣的人，都在戀愛著，和人也好和自己也好，那海水，波浪，是感覺得到的心跳。

夏威夷。

黑白影像的宿命

歸咎出結論，分離的那一秒，在雨中背對背沉默無語的兩人，頓時從彩色的世界，退回黑白底片的年代，從此，直直地朝著前方的單色系世界前進，以倒著走的方式。

在某個古老的部落，人們說快門按下的那一秒，你的靈魂就被偷走了，於是大多數的人閃躲著鏡頭，避免被偷走靈魂的命運。某種反過頭來祭弔逝去的日子的方法，冷血式地嘲諷物換星移人事全非的今昔對比。在靜止與靜止的片段間，到底是什麼被捕捉到了？部落的長老說，只有瘋了卻又膽小的人，才會不斷地想讓快門吞食掉自己的靈魂。一種Obsession，剎那剎那間，彩色的生活在分秒間化成黑白，最細微的，以偏概全式的童話故事，從好久好久以前開始，從此以幸福快樂作結。結尾在那剎那一秒，凝止住了。那種在悲哀與蒼涼間存在本身還能享受蒼涼與悲哀的本身。

那一年，雨下不停，不知是否是溫度融了整季的雪，下不停，人悶在屋裡，出不去。她開始複製老奶奶時期的黑白照片，把一張張本該是彩色的照片，轉成黑白。以為這樣時間就可以倒轉過來，死去的鬼魂可以再回來。然後，照片再也不重要了，只是沒有什麼人懂。就連她也不懂是在懷念著歷史，還是在重新詮釋歷史，抑或是在為未來創造歷史。

轉頭的那一秒，開始倒數，解構圖片裡的色素，組織，構圖，人物，風景，情節，解構，直到完全從記憶裡消失。倒數回到原點，某一個炙熱的臺北街角，下著雷雨的季節，只聽到雨和車子來往的聲音，人與人的影像，慢慢的消失，像分子一般的解構，從來，我們沒有認識過誰。

或許，只是一個陌生的人，從另一個陌生的人旁邊經過，或許，你借了把傘給我，交換了一兩句你好嗎？然後這就是所有故事的情節了。

淡淡的，像春天的微風，帶來了淡淡的花香，然後又走了。於是，誰也不需要再記起誰，忘記誰，嘗試從原點開始生活，或是總是在結尾打轉。

滯留的光陰像一團熱帶氣團，預來的颱風卻從未來臨，然後，我們總是在等待那一團颱風，在等待中，過了一輩子。

歸咎出所有的原因結果後，才發現，黑白照片不過也只是照片的一種，所謂的原因與結果，也不過是許許多多奇怪故事的一種，然後，你恍然大悟，自己從來沒有離開過那一個雨季的電話亭，你還在等著，或許那把傘的出現，或許那把傘的離去，你總是在那個原點，低著頭想著某個時刻，雨就會停了。

雕刻家

在文藝復興時期，她在義大利，愛上了一個雕刻家。

走入白色的尖塔屋頂教堂的時後，夕陽像秋雨一般濛濛地灑在白色花崗大理石上。將息的日照，對主詞撲了空，那一個背影，卻在長廳一角的陰暗處，蹲坐著。銀白的工刀，巨鑿，粗大的手背，在白色的石頭上。

她不發一語地站在其後，想著他凝神的眉，堅定的眼神裡早已鋪寫出目標的劇本。他，時而蹲坐，時而立身，隨著石柱的弧度移動。時間的流逝不在他狂傲一世的鐘擺裡，細細的碎屑，白色的石灰，片狀地，散落，零星地像即將燎原的燭火，塊狀地，如山崩巨石墜落。那模子套在立體三度的透明空間裡，那石鋼般硬的石子，在魔法師的手下，一如細砂，化固體為液體，液體為氣體，在高度的熱情中。

他偏著頭，側著頭，眼光從未離開過那一尊石柱。在那無形中，肢體卻漸漸成形，那寫實的曲線，那細緻的肌膚，在原本平面的石子上卻也顯現得出光影。她隨著日落日出，看著那熟悉的背影，與未曾謀面的人。

然後，她在日光餘暉中的白色大理石上遇見熟悉。

她漸漸地消逝，她漸漸地成形。在他回身的時候，她望見在他身後的那一個自己。

阿拉斯加的岸

是
沒有河流的（岸）
蔓延著冰
毫無結尾的小調

永遠遺失了
年底的日曆

早已白色汪洋一片
被思緒覆蓋
在那未見高低起伏

凝止住的
波

延續著
早先前的
字句

那思念

鏡內鏡外

人說，眼睛是靈魂之窗。

那一幅Leonardo da Vinci的*Mona Lisa*，因為一個費解的微笑，讓人過了幾百世紀仍然在猜測。然而真正令人匪夷所思的卻藏在她的眼裡。那一抹微笑，她是真的開心，為什麼開心，是哀傷的，是勉強在笑，是真心的，還是只是嘴角揚起來？那她對著微笑的人是誰？是Da Vinci？Da Vinci又是誰？或是說是她的誰？Da Vinci是畫他親眼看到的，還是他想像出來的？

從繪畫到Digital art，Photography的出現，畫框內和畫框外，鏡內和鏡外其實是很像的。

有些微笑是應酬式的，有些是敷衍一下的，有些是帶著一點點難過的，有些是真的很開心，有些是想使壞調皮的，有些是累了的，有些是真心，有些只是讓嘴巴有一個彎彎的曲線。

然後，鏡外的人是誰？鏡內的人或許永遠都知道鏡外的人的存在。你看著鏡內人的眼，你看到了什麼？是自在，是不安，是開心，是敷衍？Mona Lisa的微笑為什麼如此神祕？或許因為有很多曖昧？所有照片裡的眼睛都是騙不了人的。

你看著誰？或是你心裡正在想著誰？微笑都是不一樣的。人總只喜歡拍自己喜歡的事物，也總只喜歡給自己熟悉，安心的人拍。不然微笑都是很生氣的。

戀愛中的微笑，分離時候的微笑，生氣的微笑，難過的微笑，思念的微笑。

他們說當你愛著一個人的時候，微笑是不一樣的。當你被一個人愛的時候，微笑也是不一樣的。反過來說，答案也都在微笑密碼裡。

那一片金色沙灘的夢

夢想，其實很簡單，實現。只要心裡想，然後再多想一點加一點勇敢，然後就像魔法一樣實現了。

那一天，在白色的沙灘上，有一艘全沙灘最漂亮的帆船，才剛想著，船的主人剛好就開車停下，準備出航，然後問著發呆的我們，要不要一起出航？

那是一段很長的等待，很短卻又很長的旅途。你需學習拉線，放線，張帆，拉帆，尋找風的方向，跟隨風的方向，調整自己的方向，展開一場旅途，又能在風止之前上岸。船的主人叫B，他說，自己小時候就玩帆船了。他說，你看，海面上，浪在動的地方就是有風的地方。然後仔細的觀察，才發現，海面上真的有不同大小的波浪，你看著波，於是發現透明的浪。波總不是自己動的，然而人往往只看到在動的波，那在空氣裡透明的風，隱形地推著波，是很少人會看到或是注意到的。

帆船，跟一般船不一樣，感覺，人和船是連在一起的。坐船隻要享受風，轉舵，看風景。然而乘帆船，你需要和周遭的自然更緊密的連結，你需要注意著風向，水域，回過頭來要調整帆的方向，跟隨風的方向，順風才走得遠。調整，是一個持續不斷的工作。這種調整又不是掌舵那種任意的調整，因為這次沒有天然的馬達，你需要仰賴風向。風是人不能掌握意外的因素，你只能等待，觀察，尋找。出航，是一種很奇特的經驗。湖域，是沒有界線的，然而湖面上，不是會一直有風的。你要怎麼走得遠，但又能上岸，是一種哲學。那天，風其實不大，身上的救生衣沒派上用場，B說，今天的風對他來說太單調了一點，不夠大。第一次坐帆船的經驗，其實就已經夠手忙腳亂了，因為線其實很粗，也拉不太動。其實不太敢想像，大風大浪下還要臨機應變的感覺。湖面上，有各種海鳥，B一路跟我們介紹著，有些海面顏色比較深，所以可能下面有海草或是石頭之類的，有些比較淺，有些可能會有危險的海域，海平面上反而看起來很平靜。那不是一場賭注嗎？B說，對於沒有航行過的人要去尋找風可能是一種賭注，對於他則是經驗。接著他說自己十八歲的女兒，最近在和他一起為教會寫童書。一個關於天使的故事。天使一邊織著彩虹的線條，然後一條條會變成彩色的彈珠，她輕輕地走入世界上每個人的夢裡，聽著人們心裡只敢想像的願望，然後給人一個彈珠，願望就會實現了。當天使籃子裡的彩虹彈珠不夠時上帝就會再多放一些線進去，讓天使編織彩色的彈珠，實現人們的夢想。一個為人們實現夢想的工作。

很多時候，只怕人不敢去夢，沒有勇氣去行動。其實，天使早就提著夢想實現的籃子等在你的前方，就等你多走幾步。

貓　在舞蹈廳的地板上

睡著了。

柔柔的聲音，嘴角的鬍鬚向天空微微地揚起。一個一個動作，讓牠開始懷念，什麼都不做，下巴堆著交疊的掌，趴在太陽底下草地上午睡的時刻，瞇瞇眼。

偶爾，翻一兩個身，綠油油刺刺的草，紮在毛上也會癢，牠討厭泥土黏在身上的感覺，還有任何泥土的味道。甩甩身，梳梳毛，總是要努力的讓身上充滿香香的味道，和蓬鬆的毛。不然，也總得帶一點魚子醬的甜味。

牠偶爾側著頭，偷看著戶外行人，肢體彎曲著，折疊著，緩緩地疊著，日光從窗戶打在鏡面上，有點黯淡，在偌大的舞蹈教室，木製的冰涼地板，牠在紫色的軟墊上遊戲著。只是十五分鐘不到，牠開始感覺不耐煩，時時刻刻偷瞄著牆上的鐘，倒數著。牠想著晚餐的鮪魚罐頭，忍著，只是那眉頭越皺越緊，伸高的掌，隨著指針分秒的跳過，越抬越低。啊，牠從側彎著腰，斜斜低低的角度看到主人向自己走過來，然後細細的手，很好，她輕輕地說。還來不及記起那溫溫的熱度。

每個動作都緩緩地，緩緩地彎彎突突的角度，都在靜止的動作裡慢慢地被磨圓，在那越來越深的疼痛裡，慢慢減輕，挑戰那極限，壓抑那曲線，再彎一點，再彎一點。牠感覺自己不再是一隻貓，可以快樂慵懶地伸展，牠感覺自己是鮪魚罐頭裡的起司片，在大太陽中被放進冷藏室，再拿到微波爐，折疊起來，然後開始要溶化，溶化成一糊起司醬。鋪在平滑的木製地板上，貼著。又或是，簡單地說，一團圓型的飯糰。

牠開始越發地心不在焉，牠側瞄著左右移動的影子，甚至，甚至就躺著，聽著自己的呼吸，一不小心，就在木製地板上睡著了。

夕陽下山後，剩下的是冷掉的魚子醬，和滿身快要碎掉的骨頭。

貓咪，還是適合擺同樣一個姿勢，靜靜地，不動，像一顆石頭一樣，在太陽底下曬日光浴。

藍光

藍眼睛　清澈見底　卻不是底
黑眼睛　深沉如海　卻在相視的時候　認出
你的眼說著心裡的話　我的眼說著心裡說不出的話

在廣大的原野上，有一個木築的小亭。有一陣子，忘了它的存在。小亭裡總是可以生生火，一堆人坐在一起烤肉，在傍晚，到黑夜。天色漸暗後，在夏日，螢火點點，像飄浮在草地上的星光，像在綠色海藻間遊戲的小星魚，想每個季節裡隨著心情不同嚮往任性的夢。

涼亭間是暖的，那火炭在黑夜中，紅的一如暗礦裡的紅寶石，驕傲地獨自在黑夜中閃爍。那火，化著，吞蝕著，消耗著，所有易燃的材質，燃燒著卻也堅持發著亮。偶然起風，劈哩劈哩黑木炭在銀色的玻璃舞室跳著方塊舞，腳跟與地板親吻的聲音，彷若在十二點前該回到家的魔咒。

木製的亭子裡，歡樂的人聲中，或許有人也注意到那原木很淡很淡的味道，似曾熟悉讓人回想起在森林裡遇見一隻在湖邊喝水獨角獸的故事。涼亭不是封閉的，屋頂，是由一條條原木的橫樑搭起，仰頭望，星光卻也不是一場奢侈的露天劇場。如果，雲朵因為哀傷慢慢地累積到羽毛無法承載的重量，就變成一顆顆透明的鑽石，在黑色的畫布上以垂直的方式從高塔墜落，墜落。

人們開始追逐嘻笑了，那所謂的，真心話，卻不是大剌剌地說給人聽。所謂的事實，只由沉默的眼看透。隔著一個廣大的圓，火在空氣中蛇舞，迷惑著以單一器官行走的人。搜尋的眼，卻遇上了，那從未移動的眼神。直視，似乎可以，就這樣，天長地久。那火與火影間，在黑炭創造與消融間，沉默的瞭解依然流動著。那堅定的眼，卻如影隨形，或許是整夜的等待，然而卻沒有聲音。

閃躲著，卻總在空間，看到累積起的雲，閃躲著，白色的裙襬在火光間竟也不在乎幻化成灰。移動的時候，除了心跳還是只有心跳，旋轉的時候，卻只見螢火星光。唯有，在夜深了，白色的翅膀暫歇，不抗拒地棲在木色的板凳上，才偶然發現墨黑色的天邊藏著一小片中國瓷的青。

是曙光，是哪來的光？古董店裡座落在一角的青瓷，卻只有懂瓷的人才認得出。然而卻如海底的深沉波般，讓波動的心靜了下來。那等待的眼神，然後那藍光，像一張藏在月全蝕下的尋寶圖，往回探著走過的舞步，於是才慢慢看見，同樣的眼神。堅定地，遠遠地，卻總是在那，守著。

在那一片廣大的草原上，那隻仿若脫韁的野馬，長了翅般地，瘋狂地奔馳。牧羊人卻總是在身後。你說，不要害怕再次飛翔，因為有人會在這裡守著。

那一片藍光，卻讓跳躍的火影沉寂了。

遺忘那想望的寧靜，那一個遺忘的旋律，那一片淡淡的青瓷，在眼底。

蒲公英

一種，很平凡的花。所有偉大的愛情故事，都不曾發生在她身上。沒有特別的顏色，特別的刺，特別的花瓣。淡淡的一如白天在藍天裡遊走過的一片雲。

不是佛羅倫斯傍晚水上的倒影，是小池子裡留下的幾滴水，不是史特勞斯的藍色多瑙河，是一曲名不見經傳的鄉村小調，音色，小聲地以為是隔夜的露珠在呢喃。某種跟不上潮流，過時的夢。

那眾多的花瓣，也稱不上花瓣，小小的是羽毛又是翅膀，然而她卻孤單地如此不自主。沒有所謂的飛翔，只有散落。

一種稱作離散族群的花。隨著風，隨著風吹到那，她就散落到那，在漫天飄浮著，不著根，哼著某種隱形的歌，她安靜地跟隨，樂天的知命。隨著風，遊走四海也好，坐落鄰村也好，仰賴特定時空下所遇到不同種類的風。

於是她隨著風，飛著，而後降落在，某處完全無法預期的陌生土地，紮根，順著雨水，陽光，不論世界如何變化，她仍是蒲公英。

一種生命不是歷史史詩歌頌的花朵，日子不在十四行詩內，近乎透明的花瓣，在散落的空氣中甚至沒有所謂的色彩。那透明，笨拙地摹擬周遭的顏色，以拙劣的方式。然而歌聲，卻也不如elegy。

唯一幾種沒有味道的花香，是杯子裡的自來水，少了小溪裡森林的味道，少了春天雷雨中生命的活力。那漫天飛舞的花瓣，以被動的方式偽裝出最主動的張揚。人稱所謂的自在，沒有戲劇張力的劇本。

一種，很平凡的花。

在市集裡見不到，在花店裡也沒有蹤跡。在廣大的草原上，漫天飛舞，卻成為園丁主人急欲拔除的多餘。某種沒有香味，沒有足跡，卻又在世界各地散布足跡的花朵。名稱，某種和草近乎類似的植物。不需要特別的陽光和水，在草堆裡如魚得水。月光星光卻也不曾注意。

然而卻是一望無際最多的花種。不是詩詞，也非古文，拉丁文，沒有異國的腔調，卻在世界各國，像候鳥一般，同時過寄。

她傳遞著別人的思念，拼貼著別人的夢想，把不同花朵的影子，努力地貼在自己身上，那一片片在空中飛翔的幻影。仰望著孩童與牧笛樂曲中吹出的彩色泡沫，然後存在於一個個即將消逝的美夢中。演著別人的劇本，拉著走調的胡琴。

月光落淚了，星子落淚了，幻作夏季不斷落下的流星雨。選擇，她卻也在無法選擇中做出不願意選擇的選擇。

某種詩集裡從未被提及的花，某種與花盆失焦的花。

一種稱之離散族群的花，一如吉普賽的游牧民族，在大自然中隨波逐流。方向，是風給的。

約定

時間和空間讓愛在心裡萌芽。

記憶是一種抽象，不真正存在的東西，它原來是一個在於真空狀態中。隨著人的出生，成長，記憶，幻覺，跟真實往往是交錯在真實性被存疑的狀態中。相信了，它就是一個事實。就會成為一個事實，在未來某個還沒約好的時間點中被實現。

記憶，是一隻長了翅膀的蝴蝶，在不同的時間空間，在生命的天空中舞著。而人的心，是一個捕夢網，昨日的夢，今日的夢，明日的夢。人善於用各種形式的夢，讓自己感受到自己的存在。那一張網呢？是透明的，它是在海浪間，浪與浪交錯，浮起，跳躍，破碎，幻化成白色小碎花，傷心卻沉靜地令人心碎，在雷電交加間不安焦躁波濤洶湧，那一片一片，連接著，卻又有許多的接縫。所謂的接縫，是網子上的洞，是記憶疏於捕捉到，然而卻又存在的，疏於捕捉到，像印在底片上卻從未被沖洗出來的照片，在深沉的意識裡，像沉在海底暗礁間，待起的波濤。弔詭的是，連接一波一波記憶的，卻是某種空白的斷層，那網子的漏洞，存在卻只為證實人的記憶的不完整與破碎，在人們深信不疑自己的記憶時，沉默地質疑著。

時間和空間，如何讓感覺在心底萌芽？記憶如何一個接一個的串聯起來或被勾起？人們的網是如何選擇性地捕取那不可捕取，華而不實，存在於各個時間空間點的印象。

為何，我們總是在重複聽著同一首歌？只因為那歌裡小提琴的旋律，讓人記得當初你我之間，什麼都不為著的約定。好像就可以這樣天長地久，在某個時刻，以為是永恆了，在那個時刻，堅信不疑。

記憶，隨著各種感覺，視覺，聽覺，味覺，觸覺，很感官的層面，像水滴一般，隨著時間，發酵。我們記得的，喜歡的，感動的，討厭的，思念的，傷心的，永遠是當時那個周遭的時間空間，與相關的人事物，連結在一起的感覺。孩子總喜歡某一種淡淡的玫瑰花香，在長大很久後，始終不明白對於白玫瑰的味道，會讓她有心安的感覺。後來卻發現，很小很小的時候，媽媽總是身上噴著淡淡的白玫瑰香水。有人總是喜歡某一種麵包的味道，因為第一次吃到那種麵包，是外公冒著雨排隊等剛烤出來的熱麵包。人總以怪異的習慣回憶美好的事物。好比有人喝咖啡，永遠堅持只加鮮奶，好比有人外套總愛某一個顏色。仔仔細細去想，所有的事情，幾乎都和一些碎小的記憶相關，人以奇怪的方式，記載著自己生命的歷史，懷念著不同的人事物，和某個歷史時間點的感覺。

就好像，一個一輩子的約定。當你在很久很久以後再提起，會笑著說，啊，當時是怎麼說來著的，那時候是在白色沙灘的海邊，夕陽都要下山了，突然下起了雨，有人還堅持傻呼呼地說完關於那個約定的故事。堅持，說完。

於是，同樣的歌，總是讓人想起某個時候的自己，某個遺失很久的年代，某個只有那個時間點的人事物能理解的年代。人的旅程，同一段，是不能重複的，我們都被時間逼著往前走，於是那一段，這一段，每一段都是無法取代，都有特殊的意義。只存在那個時間空間，和那個時間空間點裡的人。那是約定，很神祕的一種。

破冰

When you have once seen the chaos, you must make some thing to set between yourself and that terrible sight; and so you make a mirror, thinking that in it shall be reflected the reality of the world; but then you understand that the mirror reflects only appearances, and that reality is somewhere else, off behind the mirror; and then you remember that behind the mirror there is only chaos.

——John Banville, Doctor Copernicus

原來在阿拉斯加，雪，從來不會停。他不停地往前走，走到世界的極端，是尋找遺失的自己，還是追求想像中的事物？

人總是在追求一些自以為清楚和半知半解的事物，盲目地，摘取立體物的片面而就以為適合自己了。尋找到了又怎樣，沒尋找到又怎樣？

到最後，發現，一切不過，只是人自己創造的幻覺，能維持多久，到最後只是你願不願意看清，和看清之後的選擇和自己的解釋。又或許，實際上，也沒有所謂看清和解釋這一回事。

原來，在阿拉斯加，每一天都很寧靜。

『女獨白』：你已經逃了很久。不累嗎？她偏著頭問信裡件的人。北極熊或是黑頭狐有我可愛嗎？

人逃避，到底原因是為了什麼？北極熊跟你想像的一樣嗎？你怕找不到北極熊的窩？還是怕找到會有失落感？

擱置在前的，逃避面對的，是不是想要讓它成為一個永恆的想像空間。因為看不清，所以是最好的。於是那個最好，無限的延遲，存在於不存在之中，然而我們都是完美主義，於是這成為一種詛咒和宿命。你永遠會往世界的極端走，即使已經到了北極，都還寧願選擇不相信。

回頭的時候。在時間中，你走在不同的色階，尋找著屬於自己的顏色。

走過的路要認，你還認得清嗎？

怎麼能放掉？過去式，現在式還是未來式？放掉了什麼？

『男獨白』：在雪地裡採集泥土的時候，走在一片荒蕪的時候，夜晚仰頭看星光的時候，半瞇著眼在雪地裡碉堡房間的時候，我想到的不是北極熊，明天要做的數據，和土壤標本樣品。我想到了妳。

用一種放手式的擁有，就永遠不會失去。或許北極熊只是一種藉口，讓人不願意面對自己的逃離，不願意承認世界上還有完美之外的事，必須親自站在世界的屋脊上，想像自己翱翔的狀態，不願意承認人的軟弱和極限，和無法面對妳眼中的自己。於是，放逐，成為一種狀態，自我驅離，躲避可能的幸福，而去尋找已經既定永遠沒有答案的劇本。活在冰的底下，永遠不願意看透那一面鏡子。

海水格子

從踏上甲板上的那一日起，日子就只剩白晝和黑夜，藍天與海面。面對的是一成不變的白晝與黑夜，人的周遭都是水，然而卻是無法解渴的水。你仰著頭問？這又是哪一種荒原？

在藍天與海水中，有的人選擇依著指南針航行，有人跟著天上的星星，有人選擇追尋那一條鯨魚。當你尋著外物，想借由外物中看清自己，找到自己時，那最終是會失敗的。

航行，只是為了追尋一種，擁有寂寞的自由。往往，在很遙遠的距離之外，愛會比平常深那麼一點。於是，你明白，世界上某些東西，其實是一種想像。過去是，現在是，未來是。然而，愛情卻又是那麼簡單，沒有很複雜的問題，只有愛與不愛。唯一的缺憾，是真正單純的愛只能存在與海上。上了岸，人都是身不由己的。

馴養這一回事，也會發生在水生動物與人之間。白色的鯨魚從你面前游過，拍打起巨大的浪花，有意或是無意觸動了你的心，牠以不客氣眼神說著，現在，你可以愛上我了。然後你習慣追尋海上白色尾巴的蹤跡，牠習慣被追尋著。依賴與被依賴，存在交疊在詭異的相依裡。然而在藍色與白色之間，就真的只有彼此了。再也分不清鯨魚與人，再也分不清你與我。

在幾個世紀末之後，我想著，你會不會有一天收到從海面上寄出去的信。又或是以哪一種形式？然而不論最終你收不收得到，卻都不是寫信的重點了。或許，它們從來不是寫給你的，或許，我一直都只是在自言自語。愛著那一個，想像中的人。或許，從來不曾真正認識你。

風平浪靜的時候，暴風雨的時候，卻越來越沒有分別了。不再期待閃電與狂風，不再懼怕，不再嚮往風雨無情。然而卻能在每個雷雨交加，抑或狂日曝曬下都能擁有同樣的心情，總得找出些什麼。總得像在舊衣櫃中翻出些什麼新意。在一成不變中，點石成金的卻是人的心了。

最後，船長還是沒有看出來，在追尋的白鯨其實就是自己。世界原是如此簡單。文字，句子，哲學，理論，不管如何總是有一個主詞動詞和受詞。世界原本就是如此簡單，是人透過不同的萬花筒，把它複雜化了。人看到的，聽到的，想到的，往往都不是事實的真相，或是只能說，是某一小段事實的碎片，最多，人看到的想到的聽到的，只能說是人自己。

浮士德

除去記憶之後，人，還剩下什麼？或著是說，失去什麼之後，記憶又代表什麼？對於世界的體會，除了感官的感受認知記憶之外，在進一步到抽象的心，思想和靈魂。

要是讓你拿掉一個記憶，你會選擇哪一個？人要是失去了記憶，還剩下什麼？Beethoven在耳朵失去聽覺後，以記憶創作出永垂不朽的生命，Helen Adams Keller失去視覺後，用心記憶世人看不見的美。遇過一個名廚，每次在煮菜時卻要別人嚐嚐看，後來細問才發現他原來沒有味覺，吃不出酸甜苦辣。味蕾就這麼莫名其妙不見了。怎麼，失去一種感官的人，讓失去變成一種獲得？或許因為特定一種感覺可以藉由感官而記憶，例如觸覺，嗅覺。

那人的記憶，是從哪種感覺開始。如果要你割捨某一種感覺，你會選擇哪一個？或許五種感覺加起來都不比抽象的心，思想和靈魂？那如果失去第六種抽象的感覺呢？好比，心不見了，思想不見了，或是靈魂不見了？這種抽象式的消失，從表面上一點跡象都沒有。

英國文學史裡在Shakespeare之前最偉大的劇作家大概是Christopher Marlowe，Marlowe的浮士德渴望黑魔法，想成為比人還多一點的半神，因為自傲和野心促使他拿靈魂和魔鬼交換魔法，最終卻迷失在自己創造出虛幻的權力遊戲裡。浮士德問魔鬼地獄在哪裡，「Hell has no limits, nor is circumscribed, in one self place; for where we are is hell.」浮士德的罪在於僭越，不擇手段地獲得未知的權力與滿足自己想像的慾望。德國作家Lessing，卻在未完成的劇中提出迷信，人的理智的哲學思辨，提倡自由討論。浮士德墮入地獄，也只能算是十六世紀的一種迷信。Goethe的《浮士德》則在探索人類生命的意義，人類一切世間慾望的滿足，對人世慾界的美好留戀。浮士德和魔鬼間不再只是契約，而是一個賭注。只要浮士德在某個人生享樂的極點，對魔鬼提出請你留下，那魔鬼便可以獲得他的靈魂。挑戰的也只是浮士德的棧戀與執著。

而Thomas Mann的《浮士德》呢？Mann的小說裡說著一個失去創造力的作曲家Adrian Leverkühn，與魔鬼交換以寫出無調性音樂（Atonality）。沒有十六世紀宗教，人文主義的枷束，進入一個瘋狂追求，競爭與發展的物質世界。Mann的小說說著西方文化的沒落，說著當世每個人都是浮士德，浮士德成為一種原型，概念，人性的遺失，自大，迷惑，理智的衰微，從人文主義走到存在與Nietzsche虛無主義。過度物質與競爭下，人性和文明還剩下什麼？當某種欲望讓人失去信念，心，與靈魂，人還剩下什麼？

Today, in the embrace of demons, a hand over one eye, the other staring into the horror, it plummets from despair to despair. When will it reach the bottom of the abyss? When out of this final hopelessness, will a miracle that goes beyond faith bear the light of hope? A lonely man folds his hands and says「May God have mercy on your poor soul, my friend, my fatherland.」

如果魔鬼以你最珍貴的記憶交換所有世界上你可以實現的事物，你願意嗎？

流星

趨近子夜的時候，秒針在兩個時區間徘徊，猶豫不定。米色的窗簾外傳來一陣沙沙聲，透過來的一陣喵喵聲，在召喚穿著棉質睡衣窩在床上已經沉睡的女孩。走吧走吧，我們一起去看流星吧。貓咪說著。女孩把被子往頭上悶蓋著，不要，人家要睡覺。

然而，做夢的時候，卻又夢到流星了。花城的宿舍後院就是一片大草原，夏夜的傍晚會有點點螢火，一個離大自然很近的大學城，各式各樣的野鳥，松鼠，和奇奇怪怪的小動物。很小很小的時候，全家到白沙灣，一片白色的沙，和藍色的海水，有一段小木橋可以通到海中間，某一年的傍晚，就走在橋上，四周都是海水的聲音，鹹鹹的空氣，悶熱的天氣，讓髮絲緊緊的黏在耳後，偶爾隨著風，擋住了視線。天暗的時候，流星此起彼落，快的，來不及許願。第二次在家鄉看到流星雨的時候，是某一年一群朋友回家的路上，大家下了車在路旁躺著，看零零落落從天上掉下來來不及實現的夢想。

那燃燒的星子，說穿了，是已經死亡的生命，一邊燃燒著殞落，只是這種消失的方式，竟可以讓很遙遠的人，讚嘆著那一瞬間來不及捕捉的光芒與美。或許，是那不可獲得的剎那，才值得讓人熬夜守著。所有的凋零都是落寞的，然而星子的消逝，卻像一場繁華的舞會，充滿讚嘆與驚喜。在一望無垠的黑夜，閃爍過的是，人心中渴望實現，卻又遙不可及的故事版本，人總是寄望在書裡在詩裡在畫裡，實現現實生活中無法獲得的某種存在方式，所謂的異質，異調，必須以某種特定的形式，被實現。

在花城，你不必翻山越嶺，開一兩個小時遠離都市到沒有光害的海邊，才能看到墜落的星子。在夜晚，只消從宿舍稍稍踏出一兩步，便可以看到流星，與那離地平面，很接近很接近，圓圓朦朧，微微紅暈的月。

到美國第一次看流星大約在冬季，到湖邊找流星，然而當時卻不敵冷風，最終還是躲回車裡了，那一個已經大的不太相信對著流星許願會成真的年代。就如同某夜，你再也不敵睡意，賴在床上沉沉的，寧願在夢裡看那一場流星雨。然而，接近淩晨四點，人卻自然地醒了，摸著黑走到客廳，望著窗外一片的草原，你開著小燈，很貼近窗子，像外面的天空看著，還是希望能看到一兩顆流星，然而，時間點卻不對了，卻只在深夜的窗上，看到自己的倒影。

你偏著頭想，每一顆流星都是一個生命的消逝，一場葬禮，應該是很哀傷的。那拖著尾的火光，是燭火燃燒到最後，炙熱的紅，殘餘地拖曳著某種依稀不完整的記憶，輕輕地像蜻蜓點水一般畫過黑夜的潛意識，然後漸漸地再也不存在了。又像從帆布上墜落的寶石，萬聖節袋子裡的各式糖果，某個慶典煙火裡的小插曲，夏日夜空的音樂盛宴。只是餘燼燃燒完後，在夜空裡，還殘留下什麼？所謂的物質不滅定律，在灰燼沉澱之後，又會轉換成什麼？湊熱鬧的人，卻連哪一個都分不清了。又或許，消失在夜空裡的星子，急著去實現大家的願望了吧。

水滴月亮

今晚，在銀白的月色裡，你看見誰的倒影了？疑惑的眼神，在深不見底的黑夜中，搜尋，摸索著答案，遲疑地走著亦快亦慢的步伐，靜悄悄地，又踏過幾許未曾被踏過的路徑。在銀白的月色裡，你看見誰了？伸出的手，摸索著，夜晚的風，那即將進入冬季的秋風，沁涼著，像長著翅膀般，在指尖穿梭，輕觸著向黑夜伸出的手背，在月色下，蒼白著，那未知的問號。那在黑夜後是否會顯白的天明，那深不見底的前方，一如宿命的剪影，在微醺的月色下演著孤單的獨影戲。月色蒼白著，一如那不見血色的唇，在冷風下顫抖，空氣凝結著，從水氣變成水珠凝聚在森林的枝芽上，圓著，延著樹緣，在風的耳語間飄曳著。誰又念著誰了。

那掉到白日即會化開了的月，不真實地攀著在夢的尾端，如同那棕色樹幹上的藤蔓，向上延伸，向下延伸，向夢裡延伸，只是向著的是你，還是我？向著的是否如同海水上漂流的瓶中信，唱著沉默的詩歌，在透明的瓶子內，音符在透明的玻璃瓶內打轉，摺疊，折射，迴轉，流動著，卻無法流入大海的交響樂中。逕自唱著安靜的獨奏曲，呼出微弱的氣息，一圈圈白色的熱氣，貼在海上的玻璃瓶內，在月光下，又凝聚成水氣了。好多好多的小月亮，在瓶子裡。海鷗來來往往，見著的是變大了變小了，變圓了，變水滴狀的小月亮，然而，卻只聽到海潮與浪花的聲音。

某年的月色，總會讓人想到團圓，團圓沒有所謂的大團圓小團圓，只有該不該團圓，和誰團圓。月餅裡的餡，總是在真的月色下，吃起來才會甜。對的故事，不需要張揚給多餘的人聽，只巧你坐在我身邊。我們上演著恬適的故事。

月亮們在玻璃瓶裡碰碰跳跳，扮演著丑角，想喚起在岩岸月光下掉著珍珠眼淚的人魚一抹微笑。捕漁人在深夜裡，灑下蜘蛛般的網，詩人在不眠的夜裡，等待掉下來的珍珠眼淚，蒐集一齣齣不同的悲劇。世人總是可以那樣的事不關己，冷漠地欣喜別人的悲劇，為的是那一顆顆的珍珠。毫不在意。具體的屍體，在自然中化成各種不同的顏色。音樂，卻也沒有犧牲與不犧牲的問題。

海水上的月，未曾有過該有的溫度，所有溫熱的顏色，盡被浪潮吞沒，在夜中消逝殆盡，那一個記憶的黑洞，像一頭年獸一般張牙舞爪，吃掉所有人童年裡最美的夢，讓人沉迷在夜的幻象裡而不自拔，自知。從一個幻想的波浪跳到另一個，再另一個。信著所以相信的神話，換過一個又一個代名詞，說著的卻是同樣一種原型。千百個月，終究不過是失憶人的夢語倒影。你又期待在信仰中找出什麼樣自欺的真理？在喜馬拉雅山上，在希臘古城廢墟中，在都市叢林裡？視野的角度框住了心的眼界，所聽所聞的不斷在夜色的幻幕裡創造出一篇又一篇自我認知與真實的斷層面。存在於毫不紮實的存在。然而夢遊者仍幸福地醉在夜的美景裡，半夢半醒的人卻看到了掙扎著的水滴月亮。那一個曾經，讓人思念的美好過往。有溫度和香味的烤麵包香。

記憶　零度C

敍事：記憶的持續性

說故事的敍事，總要有時間空間性當背景，為了讓故事走下去，需要加一點因果關係。一個好的故事，不是一顆固定的北極星，也不是一顆流星，而是一場流星雨。故事雖然是流動的，像一條河一般，流入海裡，蒸發成水蒸氣，形成雲朵，再化作水滴，回歸到土壤裡。然而，好的故事，最終，該像一幅畫，靜止在時間空間相互交錯的軸上，點與點銜接的縫隙，是讓不同時代讀者填入想像的區域。西班牙超現實主義畫家達利*The Persistence of Memory*本身就是一幅敍事學的理論。時間在觀畫者的現實和觀念中是流動的，在畫裡卻是同時靜止與流動，固體不再凝固，然而該走的秒針卻靜止了。時間的錯置，搭配在荒蕪的沙灘，沙灘再也不荒蕪而多了許多空間錯置的東西。一個時間停止走動的沙漠世界，卻諷刺地多了一個流動的鐘擺。那山和海成為一個問號，你不知道是真的，還是海市蜃樓，是現實還是非意識。鐘擺的人造金屬邊和枯樹枝的顏色模擬兩可，各種邊界的定義不斷被挑戰。模糊性，錯置性，和有違畫作敘事的持續性。平面的空間上，多了三度空間的想像，和產生了說故事的空間。然而卻不斷質疑觀畫者對世界，時間空間，物體的既有定義。沙漠的死寂卻荒謬地出現生命，一堆螞蟻，然而達利的螞蟻通常又代表死亡，啃蝕著某種巨大生命的殘餘。在達利的用色上，除了自然世界與人造金屬的對比外，大量暗色的空寂也暗喻著敘事文本中意識層裡被掩蓋的記憶，大量覆蓋，與藍天和金屬色作對比。山不自然地呈現金黃色，暗示著畫布外的太陽，然而卻空曠地直鋪式地闡釋燈光，和所接受到的訊息。時間卻靜止了，靜止了，一個個在沉默中呢喃地重複聲音。你卻連在夢裡都不明白是什麼？

捏陶

泥土是活的，水是流動的，機器在旋轉，你以為你總得捏出一個什麼樣的形狀，然而陶土有陶土自己想要的方向。於是，捏陶的時候不是真的在捏一個形狀，而是固定住自己的手，固定住，讓陶土像泥鰍一般的藤蔓順著你的方向攀爬。捏陶總是需要足夠的水分，水混著土，溶在一起，在固體與液體間徘徊，它的形狀是千奇百變的。捏陶的時候，連一小小的呼吸，心跳，一小小的動心起念，都會立即的反應在陶土的形狀上。那意象，是一面照著心的鏡子。

於是，你看著可以捏出很細薄瓶緣的老師傅，可以抓出心要的樣子，通常，捏陶的人，是非常專注，認真。彷彿，世界上只存在他和陶土。

靜的即使周遭的聲音，光影，都影響不到。那是在當人想要捏出一點什麼的時候。

然而捏陶在定與感官的界限中遊走嬉戲著。你可以感覺到濕濕的泥土在手中跳舞，飛翔，墜落，在與每一個手上的毛細孔說著悄悄話。冰冰涼涼的水，和泥土，順著流，倒著流，在每一秒鐘變換著，挑動人的感官末梢。你真的摸到什麼了，然而卻又如此不切實際。你才剛在疑惑這就是泥土嗎，下一秒它就化成了水，從指縫間流走。像坐一場雲霄飛車的愛情，旋轉的機器，可以有規律的速度，快的慢的，像春風撫過臉頰，海水一波波打在腳裸上的感覺。力道其實和玩躲貓貓沒有兩樣，你稍微用力一點了，一不小心，剛做好的一個瓶口，就順著旋轉方向，飛走了。你使力太輕，泥土卻又軟弱的沒有一個形狀。

陶土最美的地方，其實是在關掉機器那一剎那。一個半成品，然而卻那麼樸實，簡單的線條，和原色，未經雕琢卻又是雕琢過後的作品。它的細緻藏在粗獷裡，那大地的原色，沉穩的彷彿和之前百變的過程相差一萬八千里。充滿矛盾，速度的，固態液態的，心靈感官的，和不同形式的對比，主觀意識的雕形，客觀的定性，溫度與溫度間的反差，成形的過程其實是一場斑斕的水上交響樂。

最終，陶土是需要風乾的，它獨自待在一個偌大的空間，等待，風乾，像一個歷經世事的老人，再也不會為任何繽紛喧囂動心，坐在夕陽的窗口旁，讓日照，打在漸漸乾黃的皮膚上。時間，和記憶，時間和心念在乾裂的大地上，刻劃上一條一條皺紋，那開心的，傷心的，憂愁的，焦慮的，放開的，放不開的，糾纏成一團。只是這一次，他們不再是水與土的那種變換式的糾纏，只是這一次，糾纏的是一道道印記與疤痕，心底的，靈魂的。人說穿了，到最終，也只剩下那心裡的和靈魂的了。於是，之前人生所有經歷的動心起念，反應在雙手與泥土的交互作用下，最終是要成型定型，所有的心念，最終都是某種倒影了。

美嗎？美在返璞歸真，美在歲月的年輪滄桑，美在一瓶窖中陳酒。然後，你可以在劇本的尾端，刻上自己的墓誌銘，一個名字，一首詩，你可以上釉色，噴漆。然而，那些都再也不重要了，因為瓶子本身，在風乾的剎那，劇已終了。

天空序曲

生命中錯過了的，都還會再遇見嗎，或許以另一種形式？總是因為賴床看不到玉山的日出雲海，卻以另一種形式在飛機上看到不一樣的雲海？

離開的夜晚，下著大雷雨，天氣悶悶的，好像累積了一整天的心情。飛機內窗外的雨滴，黏著玻璃在燈光下閃爍著，蜘蛛網上的露珠，是遺失在昨夜的殘夢。像倒掛在樹枝上的淚滴狀瑪瑙。從什麼時候開始，你期待的是升起而非降落？懷念許久許久前，古人夢想著在天上飛行的夢。那剎那，你是頭靠著窗，還是椅背就這麼閉著眼錯過了，還是癡傻著凝視著窗外那一幅星象的變化。從日出到日落，日落到日出，雨滴如同被陽光融化的淚滴。

那初昇的日光，像一片雲海裡的剪影，畫布上不規則的另一個世界，反射著前世，來生。地面在一片霧裡，漸漸模糊，彷彿是在一層透明的海水底，浸泡著夏天的溫度。建築物逐漸縮小，如同珊瑚礁與貝殼，於是你成為一條會飛的魚。清晨的日光很柔和，糊掉的油彩，瀰漫在雲層上，不同的色階，原來愛也是有所分別，打在積雲層上，鋪陳出高低不同的音階，層層疊疊，像任性的小孩，有陰鬱的心情和開朗的笑。光線慢慢地拉出雲朵的立體感，像白色高高低低的小丘陵山坡，卻又如同透明的海面突然因風起了一片白浪，覆蓋住底層的世界。

建築越來越小，移動的車子，由線到點。那人，卻又渺小的不見蹤影，在藍天裡，生命的興衰，人的喜樂哀痛，在日出與日落間顯得微不足道。白日的雲朵之外，是一曲小調，一首首掛在天線杆上隨風舞動的情詩，是夏日噴泉下一幕幕短暫的彩虹，是原野上在風中輕擺的小白花。沒有無解的習題，只有簡簡單單的小幸福。

入夜後，總是神祕的，微醺的眼神，紅通通的臉頰，散落在額前的長髮，白天的雲在入夜的寶藍色絲綢般的空中，是一串博物館裡被盜竊的黑珍珠項鍊。紅酒微微染紅唇，風吹雲動，酒精在燭光下蕩漾著神祕的氣息，果香瀰漫在夏夜的空中。那永遠帶著一絲懷疑的眼神似有若無地藏在黑色面紗後。

只是這次，都疑惑了。城市已不再是珊瑚礁，而是深藏在黑色山脈裡的熔岩，海盜藏寶圖中最廣的脈曠，閃爍著，流動著，各種珠寶鑽石的光芒。藍與紅，金銀與黑，對比強烈地反差著，那成片成片未知的暗夜，如同藏匿在暗巷裡，匍匐伺機的黑貓。那一雙虎斑色貓眼石是子夜的北極星，堅定地鎖著獵物的方向。如同李斯特的琴聲，著魔似地，舞著一段又一段從未重複不斷變換的舞姿。在火光下，裙襬燃燒著，那放眼的黑，是最終的灰燼，然而那火影不斷地在灰燼中重生，消耗著存在著。

當人沉入海地最底層過後，再浮出水面的，是重生，但有人卻永遠也回不來了。當人習慣在空中飛行後，卻再也無法用平面的視角看世界。當人被時間逼著往前走，後頭的路只會越來越陌生。當人終於學會看透那海面與分辨海底與陸地不過是天空的倒影，超不超越，本身已經成為不是問題的問題了。

二分之一TANGO

有一種舞，需要閉著眼睛跳。當閉上了眼，才看得到眼睛看不到的東西，才發現世界原來可以用聽的，感覺的，和用心體會的。然後，閉著眼，不論是領舞的，跟隨的，彼此都得毫無保留的信任，才能舞著前進。

又或許，那一個用雙手圍著一個大氣球之間在兩人間的距離，真正的跨越，與信任，一點都不難。那真正的跨越完全端看，是誰站在那很近卻又很遙遠的距離的另一端。

然而，那是生命裡的舞。在舞池中要跳出一隻真正的舞，不管今日的舞伴是誰，都得學習放手去演那一場戲。在音樂中，要同時的投入與清醒，在舞和現實中區分，要認真去演，卻也要在音樂結束後學會抽離。

舞蹈手冊上寫著，不論今天的對手是誰，總會碰上可以很自然配合跳出很優美的舞伴，也總會碰到怎樣練習都是不合的人。然而這兩種人，都只能存在於有音樂的舞池中，現實與藝術的界線，演戲的人得分得清。

真正開始跳舞，其實是閉上眼的那一剎那。無法再低著頭擔心，可能跟不上拍子，可能踩錯的步伐，阿根廷Tango一切都是由閉上眼那一剎那開始的舞。

當人無法再用眼看，才真正能看到眼睛看不到的真實。人無法再低著頭，所以也無從緊張，打開心，感覺舞伴的移動，感覺，於是，才學會了飛。當人的細胞放鬆，當人的心打開，當人開始信任，站在另一端的對方，才是真正在跳舞。

在音樂中，距離和力道也佔很重要的部分。怎樣的距離，可以美得讓人不感到壓迫，卻還能明白要移動的方向，和對方的感受，怎樣的用力使力可以讓人感到是一起在舞池中旋轉，而非是一場單人戲，可以讓人感到心安和放鬆。

跳舞，是一種直覺。信任是沉默的，在人把手交給對方，閉上眼的那一刻，會知道，很安全，好好的。信任，是舞蹈裡的一種放鬆與心安。不需要刻意跳得很好，不需要跟舞池裡的其他人做比較，只要在音樂中放鬆，讓對方帶著你前進。

阿根廷Tango真正吸引人的其實是音樂，慢的，快的。它其實需要很多個人即興創作的部分。跳舞的人總得讓音樂領著，在來不及預測下一個音符的時候，讓動作自然地隨著節拍展現。

或許真正要跨越那一個如大汽球般兩人的距離，一點都不難，端看站在你面前的是誰而已，一如生命中的對手，當對方站在你面前，你自然就會知道，放手的感覺，從來都不是問題。

中國城：記憶空間

回不去的人，在新大陸上，依著記憶複製過去的泥土，屋瓦，建築，和食物。在流蘇般垂簾裡，在青花瓷的花紋中，糖醋鯉魚，宮保雞丁，和珍珠奶茶裡。中國城，是一個靜止的時空，和實際上的亞洲，以蒼涼的方式脫離著。不同步，只存在於老一輩的記憶裡。那記憶中的記憶，不斷地在老一輩的口說故事裡被改寫，編纂，模糊掉的，抓不回來脫了線的風箏。中國城也同時是一個不協調的異質空間。象徵著在嘗試融入與否的衝突與矛盾間。融入的層次，即又引出割捨過去的多寡。一個空洞符號的城，漂浮著的意旨，指涉著的是一個在未來裡模糊的地帶。那第一代的移民，總是最辛苦的，前半生存在著亞洲的生長環境，後半生，被活生生的抽離根生地，在語言上被剝奪原有的認同，在各種文化的，傳統的，生活形式，產生怪異的磨合。就如同深夜火車滑過不契合的鐵軌聲一般，吱吱作響，擾了多少孤魂野鬼的清夢。

中國城就是這樣出來的，像一個深海裡的貝殼，沉痛地在沒終點與起點的三度空間線性時間裡醞釀出珍珠。一個海市蜃樓的空間，讓人遙遙可以望見故鄉，遙遙卻又不可觸及。想著水在沙洲，赤礫，精神上的荒原與失焦。一個超現實的異質空間，在西方的國度裡充滿中國人的面孔，聽著東亞的口音，買得到各式家鄉的雜貨，那種老一輩記憶裡用得到的，吃的到的，想的到的。那種在東方不會想到代表東方，到西方卻會想到拿來象徵自己不搭調的傳統旗袍，扇子，茶具，一些登不上大雅之堂的便宜水墨畫，和拉著嗚咽聲不入流的二胡與古箏。然而，那讓人心動的，卻又弔詭的是那生疏，與不成熟的旋律中，嘗試拉出一曲記憶裡的歌曲。像一個顛簸在學步的三歲孩童，不顧跌倒多次仍舊努力走向母親的懷裡。在老外的眼裡分辨不出真正的東方產品。真真假假地散落在一間間，遺失在時間空間裡的雜貨店。老外的東方遐想，是某一種單眼皮，長長的直髮。對西方人來說，東方人的美，就只有那麼一種。一如一個從未上館子吃過飯的人，分不出館子裡的菜有什麼不同一般。

中國城映著的是華人的思鄉，卻也對著華人的血淚發愁。來來往往的客人循著找記憶裡熟悉的景色建築，食物，瓷器，偶爾，偶爾嚐一嚐家鄉的味道。然而店面背後隱藏的又是多少偷渡出境，到海外打黑工一輩子，在洗衣店，餐廳，按月寄錢回家的日子。一個母親說，她已經十年都沒回中國了，沒有所謂的身份，孩子忘了她的臉，然而她還是格格不入地存在著在中國城。圖的是什麼，誰也不知道。那千千萬萬沉默的故事，喪失了英文發聲的機會。與主流完全的脫節，只能存在於城內，永遠重複聽著當初離開家鄉時的流行曲。

MILONGA紅舞鞋

一雙手工製的紅色舞鞋，孤單的放在玻璃櫥櫃裡，柔色的光打在鞋上，鏡內的反射，牛皮漆底，布的緞帶散落著，鞋跟綴著水鑽，在燈光下閃閃發亮。

或許，所有的女孩子都喜歡高跟鞋，各式各樣擺在櫥窗裡，百貨公司裡，不同季節和款式的高跟鞋。然而，所有的高跟鞋，不管再怎麼美麗，人都不會想把它一直擺在櫥窗裡，也不會捨不得穿。紅舞鞋呢，其實比高跟鞋，和舞鞋，多了那麼一點神祕。

紅舞鞋，無論找不找得到迷路的灰姑娘，還是很適合放在玻璃櫥窗裡，本身就是一件藝術品。不是它的材質，設計，造型，而是它可以衍伸出的可能性，想像性，藝術性。

同樣是走路，同樣是快跑，同樣是旋轉，紅舞鞋劃出來的弧度和所有的高跟鞋和舞鞋都不一樣。它在說一個故事，唱一首歌，它hold住人的呼吸，等待人的回應。聽人的，感覺人下一個動作，然後亦動亦退，像在下一盤西洋棋。得用腦子想，用心感覺，用感官發現。或慢，或退，或快，或進。又像在擊西洋劍，每一步後退都是在等待一個前進，每一個前進卻又藏著後退。像一個恣意在白色沙灘上作畫的畫家，把世界的油彩潑灑在海水上，染紅了整片珊瑚礁。那海水的冰冷，烈日的溫度，在空氣對流中旋轉著。

人得靜靜聽著心跳，自己的對方的，讓拍子穩住一如那枯燥規律的鐘擺，於是才抓得到音樂的節拍。

Tango的舞鞋之所以特別在於，它總是在空中揮灑藝術的魔法，每一雙鞋都是獨特的。顏色，材質，造型，布料，都得有一個限量和獨特的故事。它隱喻著可以劃出什麼樣的弧度，唱一首某一個陌生國度的詩歌，穿越了幾個世紀。之所以，午夜十二點的鐘，無論敲與不敲，魔法並不會消失。舞鞋不在乎是否找得到主人，與被找到。它獨自寧靜地，端坐在櫥窗裡，在燈光下低著頭想像。

所有的女孩子都該有一雙舞鞋，一種捨不得穿，在還沒穿上就可以讓人想像很多故事的舞鞋。即使一輩子不穿也願意把它當藝術品擺在櫥窗裡欣賞的舞鞋。舞步不在乎獨走，或是成對，舞步不在乎對錯，即使只是純粹的行走，也是一種很簡單的美。細細高高的跟，讓人總得墊著腳，彷彿像一隻剛睡醒的貓在清晨輕輕踏入陽光裡伸懶腰。重心點總是在腳尖，像用長髮換魚尾的人魚，一拉，即可輕易地被轉換重心。卻不在意那失重的感覺，一種同時擁有地心引力與失重的感覺，一種需要去感覺下一秒往哪裡前進，和直覺踩出下一步舞姿的感覺。一種即席的舞，一種在走動與旋轉中創作的藝術，一種即使沒有對方，也活得很快樂的自信。

話說，紅色的舞鞋，總會帶人走到幸福地方。阿根廷的紅舞鞋，不需要帶人前往哪裡，因為它本身就是幸福。不同於所有的高跟鞋，怎麼走都是一種特別的舞姿，安然地，置放在櫥窗裡，卻也是一件不朽的藝術品。

CASABLANCA

愛上你，是在Casablanca。

在歐洲海域，摩洛哥裡。

很久以前的一個電影愛情故事。從來沒有真正牽著誰的手去看過的一部片。然而同樣的歌詞卻從不陌生。

從來都不明白，生活就是一場又一場的探險。發掘新的事物。從來都不知道，人總是會在某些地方徘徊。某些日記裡瀏覽。

愛，往往要在很久以後，回頭，才會懂對方的用心。某夜整理照片的時候，在對著照片裡的食物樂的笑著，不小心又瞄到餐廳的招牌，Casablanca。某部電影裡點菜時，女主角說：讓你決定吧。哪裡有一個露天的帳篷，天空飄浮著有點東方的音樂，那一天的侍者，一個很典型的英國人，很重的英國腔，很仔細的介紹菜單，和酒。一如以往，男主角問女主角：妳要吃什麼。天空從白天的烈日，到夕陽，風吹著，偶爾飄落幾片葉子。他們猜著音樂，是哪一國的。一個說是摩洛哥的，然後開始解釋，摩洛哥在哪裡。

地理的位置，印象裡是一個抽象，模糊不清的地理區域，神話故事裡的那一種。然後他提到法國，海外。他說Casablanca，她卻一如以往，心不在焉的看著天上的雲，然後很驚訝的發現馬路對面有一隻白色尾巴的松鼠。他終於發現，然後也，啊了一聲。他提到某部電影，她想起那首歌。然後發現隔壁的餐廳是之前去過但是卻忘記去過的。那一天，和一個遠方來的朋友，和他們兩人。

半夜的時候，才又模模糊糊想起也跟摩洛哥有關，和那部片。

很久很久以後，某天不小心，就像在沙灘上散步，突然發現一雙十年前遺失的玻璃舞鞋一般，她終於明白，他那天為什麼選了那家餐廳。到的時候還強調兩次餐廳的名字，和自己當時，只很開心的被露天的敞篷吸引住。

愛，總是需要，對的時間，對的人，和懂，要剛好懂在對的時間對的地點和對的人。那總是心不在焉的心，也只會在很久很久以後，才發現錯失了什麼。那一天發現餐廳意義的時候月亮快要下山，她想著Casablanca，想著和他一樣細心。

然後，她又想念那一片海了。

BASIL

從很古遠的拜占庭王國，源自於時間海洋裡的漂流者，隨著基督王國的信徒穿越地中海而後遍布歐陸，英國，和美洲大陸甚至於印度和亞熱帶的亞洲國家。涵蓋五千多年的歷史。在阿拉伯的用語中，象徵著勇敢，植物中的隱含意義卻是統合，紀律和龍一般的力量。

強烈的迷香，在宮廷紡紗帷幔間，漫布在仲暑分子中，金色銀色的盆器堆砌著還未蒸發的丁香花瓣的水，在燭火中，不曾引人注意的綠色植物。沒有太多的史歌詩篇故事朗誦著，也未曾有太多離奇神話能和毫不起眼的小草小花做聯想，很少人會特別在星光下注意到它的存在。以某一種特殊，和驚喜的方式。石子房裡古代的廚子，甚至於一般家庭裡的主婦，餐廳裡的廚師，Basil，往往是隨手可得，卻得時時存在於某個食物預備空間的一劑調味料。幾片葉子，穿插在各種食物裡，實體並不佔去多少的空間，卻以異常特殊的強烈香氣含蓋住了主菜的特色。不起眼，卻很強勢。

它從來不是一種花，然而卻有能力帶給人另一種幸福的感覺。就如同植物的語義一般，勇敢。即使是一碗道地的越南麵，一盤傳統三杯雞，義大利奶油烤雞。當人還在睡夢中，會被喚醒的味道，卻只是盤中，碗中，一片簡單月牙形狀的深綠色葉子。月牙一般，掛在現實與夢境異國壁毯上的一角雕花。

「我甚至連你的名字都不知道呢？卻這麼就被你喚醒了。」

好像一種奇特的魔法，帶著主人的用心，傳遞那所有的關懷。像一隻白色的飛鴿，銜著點點滴滴的愛，從現實的世界，到進入冬日溫被窩的夢中。你不再記得著被喚醒的，脫離的是什麼樣的世界，又好奇著即將面對的是怎樣的世界？

「總是要有什麼讓人驚喜的理由，甦醒才具有特別的意義。那睜開眼睛的一剎那，我尋找的是你，或許並非徒勞地想看見那看不見的味覺，那不具名的信件。」

總要有讓人心動的理由，起身過每一日，才有動力。那從未見過整株的Basil，讓人多想要發掘它的身世。或許有那麼多神祕，或許很遙遠，或許很古老。讓人疑惑卻又遲疑地去想去發掘，那奇特的葉子形狀，怪異的綠意，和總是抗拒與強烈的香味，凍結著周遭的氛圍。

唯有在入滾水後，在入烤箱後，炒過，經過那所有一切困難與特殊的處理過程，才會產生令人感覺幸福的味道。你開始疑惑，究竟哪一個才是真的Basil的味道？

睡夢中的人錯失的，是那許久許久以前Basil經歷的故事。一篇一篇，是否早已沉入深海底，白色石礫的沙漠中，荒涼的高山頂端，熱帶野林裡。那一串一串的問號，彷彿帶人走進遠古神祕的迷宮花園，纏在比身還高的樹叢與花朵間。仰頭的藍天，炙陽，星月。它沒有特殊的魔法，只是一佐平凡的香料。然而卻又是香料王國中的桂冠。那給予幸福的能力，像是隱藏起來，尚未被發掘的藍寶石，在黑夜裡，閃爍著，閃爍著，只有那仍究相信的人，或許才會循著味道，找到那一片單一的葉子。

第三章：秋

秋釀

時間的流動是透明的，計算的方式也是多變的。古代的人以立竿算日影，現在人用分秒，然而人們總喜歡用著自己的方式，想要模擬出時間流逝的方式。夜晚失眠的人，數著羊，思念的人彷彿坐著苦牢在壁上刻劃著一條一條的數字，忙碌的時間匆匆如沙漏裡的沙，歡樂的人感嘆快樂總在眨眼的瞬間。

孩子的時間緩慢地如同一隻在海邊沙灘上仰著頭對著太陽微笑的烏龜。中年人的時間在規律反覆的人生旋律上奏著重複的節拍也就那麼走過。老年人的時間是晃眼間的，卻又也是交錯。一輩子有多長，就在那幾個十年。往事可以以摺疊的樣子反覆上演，時空交錯，人事物的記憶。老年人的時間是平淡如同一杯白開水，在火爐旁的搖椅上度過，卻在一成不變中快的如冬天裡的夜晚隨時將滅的燭火。

時間，是隱形的。人卻總想把不可規律化的東西制量化。於是用著方程式一般的計算，滴答滴答地抹滅掉所有的想像。那和蝴蝶不一樣的時間，和花朵，和天上的雲，和溪邊的流水，夏天的蟋蟀，秋天的野雁，甚至就只是單純的日出日落。春夏秋冬，誰說一天不能是一次流星雨來臨的演算法？

因為，因為時間是隱形的，閃爍不定地一如星空下的螢火，難以捕捉。又如秋風不定的方向，讓人很慌張。急於用某種方式，描繪出那在空氣中有形無形的輪廓。然後，人們發明了鐘錶以計時，滴答滴答。人們看時間與季節的方式，總依著手上各式各樣精細的科技，人工的美。坐在辦公室的人，卻忘了往窗外看看陽光的斜影，也會是一種尋找時間足跡的方式。然後到最後，所有的人都遺忘了如何從自然中聞到時間，聽到時間，看到時間，摸到時間，甚至感覺到時間的流動。

在花城的夏天氣候是乾的燥熱，綠油油的一片。小城中的生活簡單地真實，一如那白色的棉質布料，很容易讓人不知不覺忘了時間的流逝在轉眼。讓人疑惑著，難道這就是永遠？

然後同樣的溫度，陽光，綠草，螢火，飛鳥，松鼠，淙淙的小溪聲。出門，坐公車，到圖書館，到超市，悠閒地行走，不知不覺。那一天開始，變化總是從非常細微的地方。某一天，你突然發現窗外草原的大樹，靠近天邊的一個小尖角，就那麼不知是被日曬染黃了，還是被松鼠咬瘀青變紅了，還是耐不住寂寞自己給自己添上一對新的耳環？於是，色彩像倒了的色盤，掉到水缸裡一般，以渲染自由即興創作的方式，點墨法，噴墨式，像在染缸染布料也好，夏日指甲花掐出的水也好，某種稻穗謙卑的顏色，夕陽西下輓歌般的顏色，戀人永別的黃色玫瑰，一句堅決再也無法回頭的沉默再見，一如瘟疫般地迅速蔓延，擴張，瀰漫。一如星子在宇宙中爆炸，碎了滿地玻璃的心。

又同訊息的顆粒分子，一顆一顆地串連，延伸，長了枝末觸角似地。卻也像一場漫無止盡的夢。就從一角開始蔓延開來了。

然後那一天開始，視覺的饗宴如同一場煙火展開，你閉上眼。卻開始聽到秋天的聲音。溪水流得纏綿了，緩慢了，溫敦了，雁鳥啼唱著夏末，振翅的羽翼在氣流中揮毫著無常。風，蕭蕭地，舊的轉了向了。新的風，從較北的土地過來，嚴峻地，冷得讓人感覺單薄了。嘶嘶啞啞地叫喚那再也回不去的故鄉。淒涼地染紅天邊的晚霞，那青青紅紅，斑斑駁駁的天，無止無盡。

於是人用手摀住了耳，秋意還是嗅出來了。在那雨日漸多的潮濕泥土地裡，少了鮮花的花香，卻多了更多凋零的草味。空氣裡的水分變多了，厚度變重了。沉了，少了夏天香草霜淇淋的味道，卻多了熱爐烤出來的蛋糕香。少了亞麻，棉質衣物的味道，棉料多了層次與厚度。放眼的棉花田，讓人可以隨時展翅，隨時歇息。海上的熄燈號，也因為霧氣變得朦朧了。

秋，卻又如同酒釀。沉澱再沉澱，捨得的，放手，不捨得的，也得在冬季時冰凍起來。埋在樹下的種子，得等待明天的花開，封在酒甕裡的，時間會讓它發酵，像一瓶倒過來又倒過去的流沙，得從舊意中重生，與創新。是壓縮的壓抑的，亦或是翻了頁卻不再回顧？秋是上香送行的葬祭。就連眼淚，也得止住不能流過季。那酸酸甜甜的味道，冰冰涼涼的，卻又讓人微醺的冰釀，在味蕾上打著轉。甜的，澀的，苦的，沁涼的，灼熱的，那醃果子的味道，那稻麥的味道，在唇上，在呼氣與吸氣間。秋意，讓人醉在色彩裡，感官裡。

秋的質感是層層的摺皺，紙做的蓬鬆大圓擺的裙擺，厚實的素材，單一的原色。摸起來不是春天的棉質，不是夏天的亞麻與沙質。是有點粗糙的，卻也可以是光滑的絲，完全依照光線的角度變換著。一如那湖水，散落了整片的落葉。裁縫師刻意製造的層次感，與雕花。那起起伏伏的山丘與平原，漸漸枯黃的森林，然而偶然風一吹，湖面卻又回到原本的光滑無暇，映著月，與月相印著，連著。預言著冬季一如鏡面的冰原。那平靜的湖水，彷彿是再也打不開沉寂了千年的心，悄悄地鎖上了，鑰匙卻掉落在湖底了。然後，側躺在渡擺上的人猶疑著，要給詩篇做上什麼樣的符號結尾，驚嘆號的短暫，開放式，持續說下去故事的逗號，還是開放式的問號，遲疑地不知所措？還是就畫上一個句點，在陽光還沒灑下就開始等待那冬季了。

秋是模糊的分際，美在所有的一切都是醞釀出來的，在剎那間出現一個小變化卻在一夜之間蔓延開一切的轉變。分不清理不清，卻不疾不徐，然後時間讓風吹不走的落葉最終也會沉澱到湖底。湖水漸漸也被染深了，那貓眼石般的翡翠綠，在陽光下，月光下，星光下，閃爍出不同的光芒。迷濛的，帶一點笑意的，好奇的，開心的，哀傷的，相聚的，離別的。說好了，秋，就只特別那麼一次。

你要讓它釀著什麼？

秋風　黃花　新月

秋天是一年裡，顏色最多的季節，當楓葉全部染上各式各樣的色彩。漸層，隨著風，飄揚，或如雨下，或是一陣小旋風式的捲起。隨著晴天，陰天，雨天，各種不同濃度的光線在葉瓣與葉瓣間玩捉迷藏，你再也不會懷疑所看到的是心型的花。隨著雨水，濕氣，調整濃淡。葉瓣的厚、度，倒吊在樹上的，飄在風中旅遊的，錯身於玻璃窗的，輕踏在地面上的，創造出不同的小調。乾的葉子，半濕的葉子，全濕的葉子。在二次戰後所建的灰色磚塊教室窗外，木製的窗框著一幕幕流動著的畫。任誰也沒有心情專心聽講堂上的課。

讓人心動的歌詞有很多種，打動人心的音樂也有很多種，傷心的方式，開心的方式，甚至醉的方式，都有很多種。然後，那種心動，一見鍾情，醉在風景裡的，不自覺的微笑，傻笑，癡傻的望著窗外的落葉。

等了好久呢？秋天。詩人說，那是一個被忘了名字戀人的季節，一個哀傷，憂鬱的季節，一個想起來心會痛的季節。然而，秋淡淡的哀傷，淡的太雲淡風輕，但在那一抹抹淺淺的喜悅裡。在繽紛的色彩裡，在旋轉的律動中，玩著捉迷藏，躲著，躲著自己，躲著哀傷，躲著即將肅穆的冬，也躲著欣欣向榮的夏。在遠處，你可以聽到溪水潺潺的涓流聲，一句句心底層捲曲著的低喃。秋天的旋律，並沒有快一分一秒，慢一分一秒。人，走著，自己的旋律。花城之所以是花城，是因為四季都開著各式各樣的花。春天的白花，粉花，紅花。夏天的綠花，和一盆盆人工造景。秋天是用最燦爛快樂的方式弔祭著回不了頭的過去，冬天你期待那點點雪花和透明的世界。那一片風景，你想收藏著呢？

花城裡有什麼？大概是那裡都找不到的滿足吧。你感覺活在一幅畫裡，就只是很單純的一幅畫。幾首詩，沒有俗事的煩惱，沒有瑣碎雜務。有的是，數不盡的淨空白月，水亮亮皎潔的白月，像掛在清澈的海水裡，泡著，閃爍著。花城的秋景，最容易把時間融化，一段十分鐘可以走完的路總是可以讓人駐足，停留，驚訝的發現各式各樣美麗的驚喜。十分鐘，或許就是半小時，在每一秒間又是好幾百世了。後來，你明白浪漫時期湖邊詩人所說的自然之美，盧梭的湖濱散文。你明白紙頁間的都不及一段短短的漫步。湖水麼，是戀人的眼睛，深深的感情，沉沉的眷戀，短短的距離卻又很遙遠，很遙遠的距離卻又如咫尺。戀人的眼睛，閃爍著開心的喜悅，偶爾吊著一滴水滴形狀的哀傷，和分不開的心。夜裡，湖面揚起一陣風，一襲藍寶石天鵝絨的舞裙，綴著一顆顆鑽石，隨著夜的小提琴奏鳴曲，數著，數著，從現實踮著腳尖走入夢裡的步伐。夜晚的星子是花，白日的楓葉是花，在每一分每一秒，都是花。

點字

他帶著凝重的表情問她，人的現實世界需要如此荒涼，以至於急著活在虛擬世界中？她摸著手上的電子書——《愛莉絲夢遊歷險記》。她的手指從左邊緩慢地滑到右邊，於是，就是下一頁了，在同一個螢幕上。她的手，感覺著螢幕。

那是最後一次，她看《愛莉絲夢遊歷險記》，用電子書。

然而，她從來也只用電子書，看過《愛莉絲夢遊歷險記》而已。

她記起小時候，坐在母親懷裡，看著童話故事書裡的圖，慌張地，一個字都看不懂的感覺。每個字卻又像針般，刺著，爬滿全身，跳躍著需要被瞭解。然而，母親的聲音，撫平了每個毛細孔被針紮的感覺，那聲音，是一雙，帶她看清世界的眼睛。她摸著圖，摸著字，感覺到紙張的感覺，紙張。然後開始努力認著每個字，看起來似乎很相似的字。一本一本，她漸漸地發現，每一本不同的故事裡，都存在著相同的字，但是紙張的質感，卻比較難分辨，除非是特別的紙張。長大以後，她習慣閱讀，她喜歡到書局，不同的書局，圖書館，不同的圖書館，私人館藏，和各國稀有圖書的圖書館。每一座書的家，都像一個寶藏，書局裡，同樣一本書，總是有很多本，新的紙張，新的文字，每一本書，都是剛出爐的暢銷書，然而誰知道過了多久，就會被撤下來，或是淪落到廉價的舊書攤。時間，文字的試金石，探測文字靈魂與內涵的深度和廣度。圖書館的書，總是很齊的，或是有館際合作。最特別的書，總是躲在叫稀有圖書館裡，那是一座又一座的古蹟與世界奇觀。

她花了三年時間，翻遍一座稀有圖書館，登著高高的階梯，她伸長了手，光是觸摸著每一本書，側著的書名，就有一種電流通過身體的感覺，而某些泛黃了的紙張，是被鎖起來，還要填申請表，才得以翻閱。某些零散的紙頁，只能被放在玻璃櫥窗內。每一本書，都是古董。每一本書的紙張，文字的形狀，樣子，都不一樣，是熨燙著的，在半透進的陽光下，細粒的灰塵分子，每一個字，都是活著的，她可以感覺著每個字的靈魂，不是只是空洞的假面。

那是一個陽光的午後，在露天的咖啡座旁，他直視著前方，他總是直視著前方，對於世界，他們感覺得很不一樣。她總是得讀著他的表情，他總是讀著她的聲音。他說，你有一張美麗聲音的臉。路上的行人，和車，甚至陽光，風和雲，對他來說，都有聲音。他坐著直視前方，她唸著約定好的故事——《牧羊人少年的奇幻之旅》。

「風會改變沙丘，但沙漠永遠不變；風會激起滔天的浪花，但海洋卻永遠存在，也許痛苦會刺痛我們的心魂，但我深信愛的本質是不變的。」他說，他喜歡聽她唸故事給他聽，像一雙眼睛，帶他看到不一樣的世界，他未曾看到的世界。

他偶爾也給她唸書，很慢很慢，一個字一個字的撫摸著，像一個剛學走路的孩子。即使對於每一個相同的字，他都得重新摸清一次輪廓。「如果我能瞭解那種不依靠任何字眼的語言，那麼我就能瞭解這個世界。」他也帶她看到另一個不一樣的世界，沒有聲音，文字，不是虛擬的，卻又更真實。每一週固定的下午時段，陽光，風，水，落葉，人聲，腳步。

偶爾他也給她唸著他的書，他摸著，一本本點字書。

鐘

所有的變化，都是慢慢地發生，緩慢地，一如那沙漏裡多出的一滴水蒸氣，哪也跑不掉，然而卻在真空的玻璃瓶裡，隨著細沙，流動。慢慢地發生，在你不察覺的分秒之間。

一開始，它只是緩了一秒，過了幾天或幾周，又緩了兩秒，再過了幾個月，緩了三秒。然而，等人開始注意到時，卻往往已經緩了至少五分鐘了。

於是，會有那麼某一天，發生了那麼一件，不可預期，因為手上的錶慢了的事件。或許只是單純的朋友聚餐，趕公車遲了點，錯過某一班地鐵，或是大一點的事件，在十字路口上錯過了彼此。錯過了，即使回頭，或許只能勉強捕捉到那模糊不堪的記憶剎那。或許，手錶的變化是你自已發現的，或許是因為某一個事件，不論來不來得及懊悔讓你發現。然後，在你還未想到之前，或許某個人提醒了你，啊，要換電池了。一個你之前始終都沒想到的原因與結果，那走了好多年，始終無法放手的手錶。某個春季，換了一個電池，某個冬季，換了一個電池，你始終想要癡傻的相信，它不曾改變地走的好好地。然而，某天鐘錶店的老闆問你，該換錶了喔，很多年了吧。

你傻傻地站在紅綠燈的路口，看著交通號誌，從紅燈跳到綠燈，跳到紅燈。然後你想起，在錶店的的自己，聽了老闆說的話後，竟捨不得脫下錶，回答不出所以然來。然後笑著說，那我再想想好了，然後任性的離開。寧願選擇就讓錶這樣靜止著。你走在原本該搭公車的路，於是讓時間由幾十分鐘延長成一個多小時，或許入秋的細雨拖長了人的步伐和影子。或許你每一步都遲疑著，心裡想著，或許該換一家鐘錶店了，換一個願意什麼都不問都不說的老闆，就只靜靜地換掉電池。

在每年要進入冬季之前，總是會下好幾場大雨的，那幾個周，灰灰暗暗的。每天只會看一次屋裡的鐘，手上的錶，靜的像一隻在沉睡的白鴿，或許永遠不會醒了。然而你卻寧願讓它那樣掛著。一隻單純白色的錶。

就只剩錶了。

總是有些什麼東西，你不願意失去，總是有些什麼東西，就只是東西而沒有任何意義，然而那一點熟悉，感覺好像就在昨日而已。在記憶的盒子裡。在音樂裡旋轉。即使我們都活在格子裡專心地演著早已寫好的劇本。在白色沙灘的藍色海邊，靜靜地，從日出到日落。聽著海風說，那一個有點模糊卻很肯定的未來，開心的對著星空許願。你掏空了所有其他的記憶，就為了捉住你只想記得的，讓所有繁瑣的自動消失，在恐懼遺失中不斷地重複。

然後，某一天，你開始瞭解，或許這樣的距離最好，在夢裡。你遲疑著，該不該再換一家鐘錶店，還是就讓錶靜止著，還是該把它拿下放在盒子裡。

閱讀

她從一個格子裡，探出頭，像春天的花朵。微微亮的天，飄著淡淡的雨，落在窗簾半開的玻璃窗上。探出頭，聞到入冬的氣息，感覺到沁涼的冷空氣，那一點點陽光，然後，又縮了回去。

街上靜的，彷彿不曾熱鬧過。接近感恩節的小城，城裡空曠著，走了絕大半的人們。只是有些人們的家太遙遠，得跨過半個地球的時區，短時間內回不了。

於是，擁抱著絕對的寧靜，從這一州，蔓延到那一州，其實沒有很大的差別。就如同某天他說，夢到，她搬家了，她疑惑著想著，搬到那了？是從他的夢搬了出來，然後又該搬到誰的夢裡去了？是從他的心搬了出來？然後，又該搬到誰的心裡去了？

然後，她翻著書著，日以繼夜的提著筆，似乎只有沉溺在文字中，才得以呼吸喘氣。

文字，是沉默的聲音，隱藏著想像空間裡許多翻騰的情感，囚禁在紙頁裡，未得釋放。在文字與文字的迷宮中打轉，隨著眼波流轉的速度，或慢或快，或淺或深。

她赤著腳
走著經緯度
在地球儀上
又舞著三角座標的橫軸縱軸

旅遊

她把他的眼神
拼成地圖上的天燈
循著一盞盞　當作
指引回家的路

那一座又一座的城市，說著什麼樣的傳奇故事。今天又演了那個角了，翻過一頁後，又演著另一個角色。同時，她是千萬個人，演著真實的虛幻的故事，分不分得清，卻再也不重要。

那天，陽光透著入冬的玻璃，灑在透明的玻璃窗上，她突然聽見，絕對沉靜的聲音。文字，是想像的腳本，被囚禁著，渴望在陽光下跳躍。於是她翻著詩篇，一次一句，順著，唸著那異國的語言，不是戀人在耳邊輕聲的呼喚，不是大地震動的聲音，海底浪波的頻率，彩虹的溫度，花朵的舞蹈，蝴蝶的輕盈，女巫穿著白袍在山丘火光下的倒影，威尼斯大教堂裡的雕塑。文字，那又是誰的聲音？是書本裡的鬼魂，呼喊的聲音，抑或是人在招喚著逝去的魂魄。

然而，記憶裡，只剩下一個被遺忘的名字。

她像希臘神話裡，織布的女子，用一層層的雪紡紗，寫著自己的思緒，拋在空中，如同冬日墜落的雪花，從蔚藍的天，落地。那嚷著的沉默，那在夜裡，鋪滿大地的故事，是層層白色的雪紡紗。在日光底下，又融了，化成水。滴落的是，欲言又止的心思。她閱讀著，她寫著，而後她開始唸著。那又是哪一種樂器的聲音。她捉著拍子，旋律，強弱，速度，她在聲音裡，聽到字字句句的心跳情緒，是一千零一夜裡未完的詩篇，吶喊著，哭著，掙扎要被釋放。

那冬日的雨水，朝露，凝結又裂的冰，像羽毛般的雪花，在碰到臉上即化了的，是她每一夜，每一夜，思念卻來不及唸出的詩句。

夜鶯，在新月下唱著，然而，唱著的，永遠不是，她在深夜裡耳畔旁唸出的一字一句。

茶道

那壺茶，你說，不能沏久了，會澀掉。茶葉放進滾燙的熱水裡，不夠久，茶水色淡，過久卻也苦了。葉子在水裡，漸漸地，漸漸地，散開了，像一朵朵秋日會開的花，滿溢著馨香。又像落入湖水的楓葉，像翅膀一般陣起一波波的漣漪，和滾燙的大的波浪小的波浪，膠著糾纏著，如水蛇一般地擁著舞著，閉著眼，在水裡遊著。泡茶的時候，人總得顧著茶壺的，顧著，加入適當的水，看顧著顏色，倒出，竟也有一道又一道的程序。人得顧著茶，顧著水，靜止著，坐著，心思，或許也是專注著的？

茶水磨著的，不是時間，是心，那一個還在漂泊的心，那一個飛著卻停不下來的心，那一個還在尋找的心。你說，沏完茶就走，然而沏茶卻是會上癮的，砌不完的，走不了的，就那麼一日日的砌。那如同火候，適當的距離，適當的平衡，與完全的黑與白之間。時間在流逝著，你在一來一往加水，泡茶，倒茶，加水的循環間，思考著什麼。那沉靜的狀態，是放空，還是思考，抑或是止於放空與思考間。你的眼是一湖不起波的水，探不見底的深邃，即使是那不穩定的風，卻也振不起一點漣漪。或許，或許，我們早一點相遇，在還沒放棄流浪與放棄停歇前，在那日復一日的砌茶。或許可以生出一些故事。

你說，茶總是要泡的，那是生活。日復一日，平淡的中板，在水裡，參雜著那快樂，悲傷，起起伏伏的情緒，卻都是一段又一段的序曲。葉子的生命，從執著到看淡，從濃稠的情緒，到釋然。是如流水般的時間，沖淡了情緒與記憶，抑或是時間的寬度與廣度，釋放了生命的視角？

你的眼睛
是海
廣大的
深邃的
一望無際的
是這個時候的我

看不透的

你的眼睛是天空
在變換無常中
卻又恆古不

任隨那風的流轉
卻始終是那一張蒼穹

你靜止著泡著那一壺壺茶
日復一日
在每日日落的時間　你說
總有一杯杯茶等著你的

那浮動著的
不安的
焦躁的

不眠的

極欲跳脫那日復一日的枷鎖的
在天秤兩端間擺盪不安的
全給止了下來

在那深邃的眼睛裡

你砌著一壺茶
我飲著你的雲淡風輕

錯過

夜不需要哀傷的面紗
來祈求風帶走分離
面容早已在月影下
迷離

窗外的新月
在冷清的晚風裡
抖不掉分離的
悲愁

星月不復記憶

在異域的歌曲裡
竟連翻譯都
等不及

便任渡輪
在氣笛聲中

駛離

晚安　夜晚

天　沉默了
在天空上
從來未見過一個不閃爍的夜晚

城市
舞著　一首又一首
不停歇的輪旋曲

不甘寂寞地感嘆著
每一個今日和昨日的不同
和那一丁點的難過

天溫熱了　又涼了
人卻沒有在對的街角相遇

縱然已在鐘下徘徊等待
時間　不耐地流逝

某一個夜晚
城市可以終於閉上雙眼
安息

放下所有關於如何變幻舞姿的掛念
讓白日好好的
一條條熟透與陌生的街道巷弄
塵封起來
不管記不記得住

那是一個宣稱要熄燈減碳的夜晚，世界上所有的燈都熄了。而後，讓黑夜還原，人才得以真正聽到心的聲音，才真正看清臉頰上的輪廓，和那毫不陌生與相似的孤寂。記住了，在黑夜裡，沉靜的卻感到安心的熟悉，可以如願地歇憩。黑夜裡天空的一片雲朵，順著風的，是家鄉稍來的訊息。希望，就這樣，讓春風送到的窗前，飄到夢裡，靜靜地存在在異鄉遙遠的夢裡，遙遠地卻又溫熱地。然後人臉上的輪廓，像黑白底片般，倒映在黑的夜底。

她抬著頭問天上的星星，你把我的心藏在哪一層來了？

她摸著黑，走入他的夢裡，墊著腳想要偷回那一顆遺失很久的心，像在水都威尼斯般，流動著的意識層，趁著他入睡，在世界看不清悲傷的臉譜時，還可以輕鬆地說一聲，晚安。然後，給星子一個吻。

熄燈的城市，像卸下翱翔合起翅膀的黑天鵝，蜷著頭，羽毛在湖水邊的月光下，隨風搖盪著，一個依稀記得的故鄉。在黑暗中，城市沒有再給人什麼光譜之類的幻象迷思與不著邊際的承諾，黑的純粹竟也白起來了。天鵝就只是天鵝，同樣安靜的。看不到飄渺閃爍的街燈市景，街頭小調，光束跳著不同的拍子，走位，一下子，就只剩月光和星光。於是，人終於得以尋找到那唯一的月，像一首讓人心安的安眠曲，沒有月色，只有月。

人從來來不及與夜道晚安，它總是忙碌著，太陽落入海底了，城市就醒了，夢從潛意識的時光洞裡，鑽出頭，像春天冒芽探頭的小花小草，在春風終如波浪般地擺動，揮著手，一次又一次演練那捨不得的道別。彷彿，總有時間多說幾次，因為還會再見。讓兩個簡單的字如白開水般的不黏不膩，卻在最後以沉默的語言代替，而後季節就又一個又一個過去。失去與遺忘的儀式，讓夜晚，總是醒著。你分不清那閃爍的燈光到底是什麼？然後某天，夜終於沉默了。尋找不到答案的問題，莫名地消失了。一秒也好，一分也好，一夜也好，卻都足夠了。足夠到讓人終於閉著眼，用心聽到你的聲音，用耳看到你的臉，然後你終於懂了。

晚安，夜晚。

指揮家的右手

他總是用右手牽著她左手，他說這樣靠她的心近一點，還可以感覺到心跳的溫度。然後某一天，他的右手隨著她的離去，也消失了。總是拿著魔術棒，指揮棒，畫筆的那隻手。

那一個管弦樂團的指揮家，莫名的只有左手，很多不同的傳說，關於那一隻神祕消失的右手，有人說是到非洲探險時遺失的，有人說是在駕駛飛機失事時遺失的，有人說是航行時的船難中遺失的，關於那一個瘋狂的指揮家，傳說是像貓一般有九條命。每一條命都是一段冒險的故事，在故事中都失掉了同一條右手，都是因為她，九次。

然後，那一個神祕的樂團，有著良好的默契，總是能望見指揮家消失的右手。人說作曲家，寫完了譜，就沉到海底了。指揮家讓曲子活了起來，領著樂團，跨越不同的音符，攀越不同的音階，喚起不同波長的旋律，讓情緒翱翔在如波浪般的雲海，穿梭在山脈幽谷間。時而壯闊，時而如月下的茉莉花香，與點點螢火，時而是一場清晨的霧，日光出來風一吹卻又散了。如一場剛醒了的美夢，或是一場人以為自己是醒著的夢。每一次的演奏，都是指揮家情緒的即興曲，詮釋像捉迷藏一般藏匿在，舉手投足間細微的變化，演奏家們，在換上黑色的素服之後，展開另一段生命。超越時間與空間在想像之外的旅途，重複弔祭那一場消逝愛情的葬禮。一件件黑色西服，黑色連身長裙，黑色的皮鞋與一雙雙相似款式的黑色高跟鞋，刻意地讓個體隱沒在群體中，人與人間的距離，如同琴鍵上的空隙，不容許多餘的聲音，只是單純的琴鍵。日以繼夜地像神殿裡換上白素衣的祭司群，重複在月圓之時複誦石碑上祭典中的經文，在單調的重複旋律中，想喚醒沉睡的繆思，那逝去的靈魂。從指揮家消失了右手後，一半的樂團，變成隱形了。是一團群聚在綠色草地上的烏鴉，漆黑的如同一團謎。

一個沒有開始與結束的夢，無法入睡與清醒的睡眠過程，一個從未回到家的陌生感，一個失重與失焦的不斷尋找試驗，指揮家說，那些黑色的衣服與鞋子都跟著一起起舞了，跳一場沒有音樂與旋律的舞，沒有音樂，因為所有的音樂都在腦子裡了。他們活在歷史的存在裡，在歷史的存在裡複製著相同與類似模子的生命，然後重新演著，假裝是一場又一場的新劇。有沒有右手，其實並沒有很大的差別，消失了的右手，存在於每個人的腦海裡，只要旋律還是某種合弦，音樂一樣可以走下去。消失了的右手成為了歷史宇宙的黑洞，吸收著己身的空洞而成長茁壯。指揮家身上所有的細微都可以成為拼圖裡的一塊。那一幅圖已經根植在演奏者心中。所有人不明白的的是，那一個以為消逝的繆思，才是真正的繆思。躲藏在苦難與淚水後的，以不同絲巾遮蓋臉龐的女人，希望引入月色，希望消失在雪堆裡，成為月影沒有聲音的聲音。然後，他唯有在音樂響起時，才又感覺得到她的呼吸。

天燈

纏卷著，沒有心的蠟燭，不能燃燒，燃燒的蠟燭，終究也會成為灰燼，纏卷著。

天燈總是橙紅色的。在夜裡，少了冉冉若隱若現的火影，卻也黯淡著。他們說在天燈上寫下願望，放入水裡，打上火光，天燈從深藍的水面，一路漂流到遠端，河底連著天，好像你眼瞇起來的一線，冉冉升上天，沉入倒過來的水底，隱入黑夜，在不知名的那一端，所有的願望都在火光裡被允現。天上的星子聽見了，月牙聽見了，那陸地上，來不及實現的思念。

〈天燈〉

我從中世紀

開始編織著竹製的船
用淚穿引成線

小船駛過了一個又一個的世紀
思念卻不曾隨著泛黃的竹葉
枯縮卷曲的竹葉改變

孤單地漂流在風平浪靜的海夜
在狂風大浪雷聲中顫抖著

小船駛過一個又一個世紀
在史詩中冒險
在田園詩中反思
在輓歌裡哀悼
在十四行詩的記憶中掙扎
卻又逃不過玄學詩中的自我嘲弄

反反覆覆
船卻又只不過是正反兩面的同一片葉
誓言在雨中不斷墜落
卻也透明得讓人看不見

跨過多少洲界
銜接多少山巒
穿越多少風沙
擦身錯過多少誤讀的信件
疑惑著問到底有沒有可以停歇的天邊

我坐在你身邊，聽著夜裡自然的耳語，你專注的眼神，卻讓人低著頭不願意見。那一個怎樣的記憶，藏著人無法倒著走進的故事，你專注的眼神，讓人淚垂簾。兩顆心的距離，究竟可以多遙遠。

你站在我對面，我們放著天燈，我猜著你紙條上寫的願望，是否是那一個我來不及進入的過往。我們的倒影卻仍各自在水中浮沉，你聽著風中蠟燭閃爍的容顏。然而我編織著小船，從中世紀，航行到你面前，你是否終於看見了。

風起了，影子在水裡或許會有交疊的瞬間，你專注的眼神是否有我的倒影。思念可以延續幾千年，直到那遙不可及的永遠。我多麼不願意晴空讓天燈升天，若天燈裡的隻字片語與我無所關聯。

你望著我冰冷的臉，遙遙問我白紙裡的祕密。我搖著頭，那已模糊的雙眼，那一聲從未說出口的問題，卻在心中編寫著答案。多麼希望記憶斑駁，過去遙遠，然後你疑惑著是否將過去送遠，亦或寫上明天。

多麼希望天燈就此可以讓記憶消失，在練習遺忘的時候，如果成功了，於是很多故事的書名，城市的名字，地點，甚至時間都遺失了。遺忘一點都不難，而後你疑惑著他在天燈上寫著什麼來著了。她又在天燈上寫著誰來了。他和她是否在對的時間相遇了，那在世紀末交錯的小舟，滑到誰的心裡了。

敲敲門，是否說對了魔法咒語的密碼，還是又讓門鎖了更緊一點。她看著水中的倒影，那被剪了一半的心，疊在他的眼中，卻仍溫熱著。她望著升上的天燈，和裡頭的名字。至少她還記得他的名字。一轉眼，過去如夢遙遠。

入鏡

某一刻，他說，他遇見了一隻蝴蝶，在夏夜的草原上，舞著。他靜靜地在遠方望著她哼著自己的歌，在每一秒的眨眼間，蝴蝶入著他的鏡，他卻捨不得捕捉。於是，每到傍晚，他總是走到草原邊，靜靜地坐在小溪旁，望著那隻蝴蝶。或許，某一天，蝴蝶靠近一點了，或許某一天，蝴蝶飛遠一點了，在遠一點的夏日鏡裡，你總是可以望見，一個大男孩和他愛的蝴蝶。

接近夏天的時候，鬱金香總是蔓延在整片小城。紅的，白的，淡紫，粉紅，橘紅半開著，盛開著。沒有人疑惑過是夜晚，種子在月光下偷偷發芽，或是在清晨，園丁才剛種上的。她總是偏愛白色與紅色的鬱金香，簡單地因為要望著那兩種顏色的花朵，總是刻意走到特定的公車站等公車。她總是說，我喜歡在那裡等公車，因為有點陽光。然而，偷偷的理由，卻是，因為那兩種顏色的花。

她研究好一陣子了。不論是烈日，雨後，晴天，陰天，花朵，始終保持驕傲的姿態，微笑著。簡單的顏色，任性著的紅著與白著，恣意地在風中做著白日夢。花朵望著對街的咖啡店，來來往往的人群，手裡端著一杯冰沙咖啡，或一杯熱拿鐵，在行道路上露天的雅座，交頭接耳，天南地北地聊著，彷彿可以恣意浪費著全世界的時間。她總是背對著花朵，等待著公車，在腦子裡刻劃著花朵的樣子，然後感覺著。花朵偏著頭低哼著夏日的小調，細細地耳語朗誦十六世紀的十四行詩，疑問著誰又是誰的繆思，疑問著被愛著的人的存在始終關乎著那個愛人的人。

她總不願意面對花朵，而倒數著分離的時間，在踏上公車的那一秒，偷偷地隔著玻璃窗望著遠去的花朵身影。然後，在每一個下午，她總愛側著身坐在石子牆上，用側影和花朵道別。像一幕幕不願意醒的美夢，你寧願就讓它這樣懸宕在記憶的時空裡，在時間裡，流浪著，漂浮著，遊走，無法駐足，一場沒有結局的電影。然後你孤單地坐在黑暗的電影院裡，不願意回頭，去看清那已經結束的放映，靜自讓銀幕劇情，仍在空白的電影螢幕上跑著，快轉，倒轉，轉著。

某一天的下午，風吹得特別得緩，陽光熨燙著，像一句情人的話，熨燙著在世紀末的心裡。他走到她身邊，搭起了三角架，緩慢地，在花朵無限的故事裡，畫起一則則的小片段。他說，故事總要有結構，就像取景一樣，人生應該要嚴謹。花朵笑著他的嚴肅，她笑著被放入鏡面裡的影子，還是一樣的美麗，每一個微笑卻是剎那的凝止。他說，無盡的微笑和無盡的悲傷，是那需要被管理的歇斯底里。花朵的裙擺還是會在陽光底下搖曳，他偏著頭望著她，她偏著頭，遲疑著要不要走進他的鏡裡。你如何同時存在捨棄與佔據？然而他每天下午總是到同樣的佈景裡，遠遠地望去，誰在誰的鏡裡其實沒有所謂的差異。

入秋

天氣漸漸涼了，天上的雲朵淡了，你疑惑詩篇裡，詩人讚頌的秋為何都是哀傷的。那緊緊捉住最後一點季節顏色的蒼涼，放手式的擁有，寧靜，沉寂與死亡。那淡漠沁涼起的湖水，並沒有被風吹起太多的回憶摺皺，卻也漸漸地冰涼了起來，倒映著的星子失了溫度，你疑惑，為何詩篇裡的秋，總是有點憂鬱的。

難道那繽紛的楓葉不也是種盛開的饗宴，豐收那季節的厚實與成熟，迎接冬季的寧靜而非孤寂。那一季又一季的輪迴，是某種重複性的安全感，然而又如卡農般在平淡中與簡單的幸福中充滿小小的驚喜。你說，你都在人群裡，尋找同一張熟悉的面孔嗎？那讓你開心的，流淚的，讓你思念的，讓你不願入睡的？同一個背影，同一個倒影，同一種線條與輪廓，然後漸漸地，隨著時間的久遠，成為一種單薄的印象，卻熨燙著心，你仍在人群中尋找那一種印象所帶來的感覺。在重複了一夜又一夜的音樂中，溫習著那熟悉的旋律。

即使是悲傷的秋天，孤單的秋天，甚至快樂的秋天，都無法理解。理解那一種，陌生的熟悉。那塵封已久的信件，與幾年前乾枯的楓葉，仍有個遙遠的味道，秋天，一個得開始織毛衣的季節。然而，誰又在變化中看到永恆了誰又在變化中感到不安了？「我們凝視著彼此，眼神卻從未交集，我們凝視著彼此。那一種背影的熟悉，尋找了千年，還是在尋找相同的影子？」

詩人在詩裡讚頌逝去的愛情，與流失的光陰，淡然卻仍積極的人生觀，卻讓人無法理解。秋天為何總是悲傷的？那楓葉的色彩，誰說不能是一種盛開？染紅整片大地與樹林，卻又在風中紛飛，繁華似錦又更勝春天的櫻花，每一片飛翔的葉子都是一隻做著白日夢的蝴蝶。如果沒有冬的肅穆，夏的炙熱，你能體會詩人讚頌秋的悲涼也好，歡樂也好。只是我們都忘記，這只是許多季節裡輪迴的一種輪迴，在廣大的時空看來，每一個季節都只是一片海的一個小波浪。只是我們都忘記，是那一個原型，那一種初戀，那一種酸，與甜，深深地值在心裡，那就是愛了。

即使是悲傷的秋，也得學習著享受，享受孤單，享受悲傷，享受那一種尋找，與相信。然而，我們都知道，在人群中，尋找的總是某一個身影，類似的身影。同一個秋，一個因為對方，而快樂而悲傷的秋，因為對方，才變得有意義的秋。

THE HOTEL MONTELEONE

踏入旅館的那一刻，塵埃分子從旋轉玻璃門透入的陽光下，閃閃發光，恍恍惚惚，讓人呼吸到好幾世紀前的空氣。座落在紐奧良法語區內的旅館Monteleone，有很古老的歷史。精緻的繡花窗簾，一點點東方味道的瓷器，偌大的玻璃櫥櫃裡擺著旅居過作家的書籍。大廳內，有一座千百年的鐘擺。滴答滴答，走著相同的路。人永遠無法真正認識另外一個人，如果沒有以類似的步伐踏過相同的路。翻閱了許多作家的作品，以為自己努力讀著然後懂了他們的心，以自身的背景理解著對文字另一種感動，讀作家的自傳，然後你覺得對於這個人，彷彿已經很熟悉了，卻忽略了有限的可能。很久很久以後，只有當人旅行到書本裡描述的某一片花園，某一座湖，某一個戰亂裡的旅社，某一種點心，走過某一條步道，又在同一座廢墟的屋內聆聽類似的爵士樂，你才豁然開朗，原來書上寫的感動是這一回事。彷彿，每一條小街，每一杯酒，每一個慶典，每一座建築，只有在有故事的情況下，才看得到千古之外永存的精神與靈魂。旅社的房間躲在一層層如同迷宮般的小夾層，房間的號碼，讓人可以找了好那麼一會兒。打開臥室房門的時候，聞到布料的味道，淡淡的塵封著的歷史，窗簾一拉開，是街景，粉彩系列的建築，每一棟都有小樓梯，彷彿是讓情人半夜拿著一朵玫瑰獻唱的天梯。紐奧良是一座活的水都，音樂永遠在空氣之中飄浮，即使大夜半，仍可聽到旅館窗外的人聲鼎沸，薩克斯風，爵士樂，和那溫熱的濕度。

不，我不知道那首*Do You know what it means to miss New Orleans*裡描述思念紐奧良是怎麼一回事，直到某個傍晚，坐在海邊看夕陽和渡輪經過時的音樂。海明威以記者描寫西班牙內戰的故事*Night Before Battle*提到的旅館，以前永遠只能想像，以寫美國南方小說聞名的作家Truman Capote喜歡跟人敘述自己在旅館出生的經歷，William Faulkner在被紐奧良記者採訪時提到最愛的旅館是The Hotel Monteleone，劇作家Tennessee Williams也提到小時候到訪過旅館而印象深刻。一切的一切，都在夜半你進入旋轉木馬的旅館酒吧，聆聽著現場鋼琴演奏，啜飲著Faulkner曾經喝過的雞尾酒時，才恍然大悟，原來遺失掉心是這麼一回事。

海岸邊的遊輪，總是在傍晚吹著汽笛，馬車帶著遊客穿梭在一區區有著不同歷史的大街小巷，復活節的遊行，你看到許多充滿活力的老人，穿著七彩繽紛的服飾，掛著造型多彩的帽飾，在旅館的更衣間，老婆婆們忙著補妝，和濃濃的香水味。一車車的遊行馬車，不同的傳奇人物，往擠在下面觀看的人群散發一串串蒐集了一年的珠珠項鍊。一張張複寫歷史在快門下，閃過。

旅館，存著人們對紐奧良的記憶，半眯著眼，望著臥室內的水晶吊燈，耳邊仍聽到玻璃窗外的爵士樂，不眠的城市，和一千零一夜的故事。心想著，現在，或許當自己踏著同樣的石磚路，看著廣場上的鴿子，小攤販，或許，只是或許，我終於可以有那麼一點點瞭解作家故事裡的感覺，感覺到作家的感動，在時空之外。同一個空間內，我回到書中的歷史，在實現的過程，讓歷史以春天百花齊放的方式，得以復生。地點，建築，往往因為有了故事，才得以喚起心的悸動。而自己又是如何以朝聖的心情，過著歷史裡的日子。

LAS MENINAS

真實的世界怎樣，真的不重要，因為沒有所謂真實的世界。

所謂真實的世界，只存在於像玻璃彈珠一樣的水晶體怎麼看。每顆水晶體看到的世界都不一樣，而單一顆水晶體所看到的即是真實，然而這個真實卻又弔詭的只能代表那單一與單一的世界，及在那燈光折射下，溫度，陽光，雨水，雪，不同世界裡單一水晶體瞭解與認知的真實。所謂真實，即是單一個體所感知與感受的。

Diego Velázquez畫筆下的*Las Meninas*（一六五六）描繪著西班牙國王飛利浦四世的Madrid宮殿，和小公主Margarita。畫特別的地方在於多層次的視角，鏡面的運用，空間與物體的運用，有別於以往畫作，畫家把自己畫入畫裡。整幅畫的空間被拓寬了，重疊在同一個平片畫布裡，觀者看到的卻是不同的空間，以觀者的畫框，畫作裡的畫框，一層層交疊，觀者看到比一般畫作更多的人物。然而同時，那似是非是的時空疊置，在讓觀者自信地以為看到很多的人物角色時，又同時出現很多盲點。

每個觀者選擇第一眼的視角，然後視線的旅程也因人而異，歸納出一個結論，關於畫作的故事和詮釋。有的人只找到一個視角，有的人嘗試尋找很多視角，然而水晶體本身即是有一個固定的Limit，加上風的溫度，月光的濃度，各種時間空間外在的因素，人往往在不知不覺間跳入自己預先設置的視角而不自知，而後循著自己的路線，歸納出一個多重的幻象，活著。

畫家的框架不一定要是觀者的框架，觀者的框架，又不會有相同的。人們矇著眼睛，摸著對方地圖上的路線，拼出那一幅小公主在宮殿中的，究竟，小公主長什麼樣子，不是誰的文字可以重新再描述出來。一筆一筆，像口說文學般，每次的複寫都是某種複製，添加，每次的複寫，在越經歷真實中越失真地成為一個Irony，那不可能還原的自欺論述。所謂的交流與溝通。你可以選擇跳入論述，可以選擇跳脫，可以什麼都不參與，然後再選擇不同的反應與歸類。人們都以為自己看清了，卻忽略自己本身視覺的死角，和畫作本身的虛像與盲點，而最終，說穿了的，只是人們驕傲地不願意謙虛地承認自己的無知亦或不明白。走出柏拉圖山洞的人是再也回不去的了，回去了也只能視而不見，當個眼盲的人，或被當成瘋子。Michel Foucault在*Les Mots et les choses*重新帶領讀者遊走過*Las Meninas*一次，於是讀者照著文字的地圖，在畫作上依照相同的路線旅遊，然而文字畢竟也是現象裡的一環，無法無誤地分辨真實看見的與讀見的，知識本質上是對共同性做出不完整的結論，不完整。人得快樂地活在不完整裡，清楚也好不清楚也好，安於是宇宙中某顆星體裡的一粒小沙，安於，接受。

「文字」，是一個空白的空間：在抒寫與詮釋間其實搭著的是一座奈何橋。你不需要詮釋文本，或是說，讀者所詮釋出來的文本，只能代表讀者，而非作者。

文字的盲點，在於少了語氣，少了故事背景音樂，在不同的時空，寫作與閱讀，甚至重複閱讀間。作者在重複閱讀中，遇到了一個陌生的人，懷疑著那個寫作的人只是一個媒介，替某個不知名的靈魂說著不知名的故事。好比，「她坐在鞦韆上對著天空想：倒數，從一百開始倒數，到零的時候，如果主角還沒出現在面前，自己就要從故事裡退出了。」公主望著畫框外說不用徒勞地閱讀了，閱讀只是一種精神與思想的被殖民過程（差別也只存在於你選擇被什麼殖民），也不用徒勞地分析了，因為你永遠都不會懂。人們如何能奢望捕捉流星？

GARGOYLE

你要我不要再回頭了，直直地走出夢裡，直直地忘記你，然後微笑地甦醒。

在漫遊城市時，對尖塔上的石身，視而不見，在不經意望見時，仍不要記起那最後來不起藏起來的揮別。

Gargoyle——從佔據著空間的方式，穿梭於歷史的軌跡，在埃及的平頂神廟，供神的器皿沐浴著，希臘神廟，大理石的獅首流露出神韻，龐貝城各式的磚，於十九世紀和二十世紀的城市建築中現形，來往於紐約，芝加哥的現代建築間，磐踞於巴黎聖母院的尖頂俯瞰城市。一個半透明的空間，時光裡的水在牠不聲不響的站立在各個古老建築中宣示暗夜的生命。只待陽光逝去，牠在古蹟上的石翼便由固體化為水滴，流動在黑夜與黑夜間的交區。一個模糊的名詞，謠言說著牠守護著教堂，卻又被驅逐於教堂之外，象徵著無神論者在天堂的邊緣位置，永世不得進入內置的空間。人們傳說著，牠是惡靈亦或存在著驅逐惡靈。在琥珀色月牙下，純白的石身，盛開著，就算生命被凝固靜止著，也沒有懼怕。神祕的時光，被古老的獸像守護著。相信，即使在天邊虛無迷惘的微光之中，仍然有一個方向。那異國的紅海，清澈的藍色河流，白色的沙漠，暴風狂沙，在殘垣廢墟之中，能見的到遠方的星光。

沒有所謂的永恆，牠卻穿梭於億萬年的石板畫中，即使滿身是傷，仍無所畏懼地振著透明的翅膀。那怪異醜陋的臉龐，凝固直視的眼神卻透露著被拒絕的哀傷。在星光下屈著的背影，驕傲地挺立著，在四季中挺立著，風吹雨打，卻也不曾開口說一聲寒冷，即使被覆蓋在冰雪中。

牠孤絕高傲地拒絕全世界，以令人膽寒的姿態，站立在矗高的尖塔，總是俯視，在那無人能及的頂端。

我卻看到月影下，那石斑上的傷。隱隱透著，在月光下閃爍，彷彿夏季森林裡在樹葉間縫裡瞧見的光影，彷彿是教堂玻璃窗裡斑駁的彩繪玻璃，以灰色的碎裂在夜晚畫布的一角。然而牠卻毫不在乎，甚至斥責我存在的多餘，堅持那仍在淌血的疤是戰爭留下的殊榮，是歷史無法取代的教訓。

那毫無道理的冥頑固執，那不曾改變的飛行方式，那默無聲響的蹤跡，與毫無回應。在暗夜的雲與雲之間宣示著毫不在意。企圖擒住每一次的月圓之夜，復活，重生，然後在有限的月光下，逃離，捕捉，逃離，捕捉，在建築與建築間盤旋，以不同頻率的氣流劃出不同歌譜，戰亂式的梟雄。牠捕捉黑夜中迷失的人群。然後重演著循環式的逃離。在漆黑的夜網裡，風顫抖著，牠奔飛著，於無法逃離中重複地捕捉，而後在鐘響天明前，又成一隻坐擁愁城的困獸。

回頭，望牠，最後一眼。卻仍不願吞噬。沉默地喊著，噩夢裡的結尾。而後迅速地遺忘，歷史始終是要上演的，一如那遺忘的孤魂，重返著相同的地點，牠重演著重複的戲碼，在每次月圓之夜。最後一次回頭，仰望。望見了，眼邊來不及化為石頭的淚水，落了下來。

「你說不要再回頭了，直直地走出夢裡，直直地忘記，然後微笑地甦醒。」

在漫遊城市時，對尖塔上的石身，視而不見，在不經意望見時，仍不要記起。

那不是歌劇院包廂內，婦人臉上蒙的黑紗，它在燈光下，閃爍著銀色金屬的冰冷，如湖泊上閃耀的星光，一個恍神，就是另一個世界，一個面罩，她看不清他的臉。然而，透著厚重的金屬，人可以感覺著，感覺著，靜止，專注，那秋天卻即將入冬的肅穆與死寂。一秒即是一個世紀，一個世紀內，卻要在勝與敗間選擇與被選擇。那不是歌劇院的面紗，沒有迷濛的雙眼，與酒精，沒有遊戲，迂迴與刻意的躲避，那不是舞池裡，戀人最後的擁吻，卻是芭蕾天鵝在月光下的舞蹈。在靜止中彷彿永恆，一個等不到答案與不想要答案的答案。在一進一退，來來往往間，彷彿即將擦起的火花，在一片沉寂的灰燼之中。

他遲疑的前進，遲疑著後退，兩人舞著一進一退的雙人舞。那不是生死。他說，練劍的時候要專注，練劍的時候要穩住，不要心軟，看透對手的背部，然後用力的一擊。然而，兩人卻是在閉著眼跳一場毫無肢體接觸的舞，那劍端的心跳與溫度，那劍影交錯的力道與遲疑，執著，又再說著哪一種語言符號。停頓的時間，來不及眼神交錯，卻要比舞蹈更那麼敏感一些，感覺，感覺所謂對手的進退。不期待著閃躲，期待交會，正面交鋒，在縫隙間攻擊與倒退。那是一場比鬥，一場遊戲，一場舞蹈，一場捉迷藏，他找著她，她找著他，在一場化妝舞會裡，尋找到面具底下的那雙眼。

西洋劍裡最慢的舞，在空氣中畫著什麼樣的故事，等待，蟄伏，如同倒帶般的慢動作，他們都在空中等待對的符號，經得起時間考驗的不是一連串的空意符。

然而出劍的片刻，卻又在於速度與力道，敏銳度，極度的專注，在仍未觸摸到彼此就得感覺到對方的動態。那又是怎樣的一種糾纏。在動作的流動裡，尋找某一種共同的軌跡，某一個時空，交錯了，某一個時空，分離了，沒有流露出悲喜，在那張冰冷面具之內，眼波流轉，是否又有四目交接的時刻？節奏，在淩亂的鏗鏘聲間，就擁有緊密的結構，框架住的步伐，他們舞著，對手。

在還沒看過全世界時，就愛上了cheese cake，在睜大眼睛看全世界時，還是愛cheese cake，或許，在很老很老的時候，坐在湖畔屋子陽台外望著夕陽掉入海邊，聞到cheese cake 還是會讓人感覺很開心。世界隨著分秒轉變著，然而卻總有一些東西是不會改變的。

「他說，在夏天的時候，愛上一隻有糖牙的小饞貓。」

春天的櫻花樹下，夏天的海邊，秋天的森林，冬天的鐵軌道上，四季的轉換中，一定有一些是什麼都不會變的。糕餅店蛋糕店裡，總會溢滿各式各樣霜淇淋，烤麵包的香味，每一種味道，都會勾起人的一些什麼記憶。下課回家聞到媽媽剛買好的菠蘿麵包香，周日早晨睡懶覺從雞湯的香味中醒來，夜晚睡不著外面帶回來的小吃香，讓人開心的可樂，喝起來像吃口湯圓一樣的珍珠奶茶。某家維多利亞裝飾的下午茶，斜斜的日光打在灰色二次戰後的牆上，屋內充滿油畫，布簾，透明的窗戶，幾絲陽光透入，讓人想起在英國布萊頓的海灘，維也納的花園，義大利廣場鴿子和Santa Monica的海鷗。

有人用顏色寫記憶，有人用故事，用人用旅遊，有人用音樂，老一輩年代的台語歌總可以在異國喚起濃濃的鄉愁，慵懶的爵士，香頌。有人在某個特定時期的音樂想到某個年代，某種衣服的手工布料，即使在很久很久以後，你忘記了國家的名字，書本的名字，城市的名字，味道聽覺觸覺等感官的記憶，是不會消失的。

忘記了是什麼時候第一次吃cheese cake，真正的cheese cake，或許有一塊水果跟著點綴，但卻是原味的。鵝黃色的，像歐洲湖邊天鵝的羽毛，圍著淺棕色的crust，像跳舞舞裙旋轉時邊緣的點綴，偶爾一兩顆水果，櫻桃或是草莓，像一朵夏威夷的花，別在女孩子的頭髮上。從那個時候開始，即使自助餐餐廳裡擺滿了各式各樣的巧克力蛋糕，raspberry慕斯，果核仁的蛋糕，甚至是不同口味的cheese cake，你最後還是只喜歡原味的。甜甜軟軟的cheese cake，酸酸的水果，甜甜酸酸的味道，很簡單的顏色，很簡單的味道，一首阿拉伯一千零一夜裡飛毯上唱出的詩句。

加了太多繁複的點綴，或許就認不出了。喜歡，其實只是一種單純的喜歡，有絕對的理由，而那理由卻又沒有任何重點。像cheese cake，即使哪一天人得了失憶症，還是會喜歡原味的cheese cake。

幸福是一種很抽象的感覺，有人在逛花市時遇到，有人在折射著滿天星光的湖邊遇到，有人在異國城市轉角的咖啡廳，有人在書局裡聽到一首Tango音樂，有人在書本裡讀到一句話，有人在夏天海邊的樹蔭下。有人，很單純的在每次吃到cheese cake時都可以感覺很開心。理由？或許只是因為它叫cheese cake。

在還沒看過全世界時，就愛上了cheese cake，在睜大眼睛看全世界時，還是愛cheese cake，或許，在很老很老的時候，坐在湖畔屋子陽台外望著夕陽掉入海邊，聞到cheese cake還是會讓人感覺很開心。世界隨著分秒轉變著，然而卻總有一些東西是不會改變的。

第四章：冬

白蝴蝶

深夜的校園，下起一場雪，很大的那一種。在寂靜中。

往常都是某一天早晨，拉開窗簾，整個世界就是銀白色一片。像看到彗星般的機會才能走在暴風雪的天裡，很長很長時間。人說，你不能在風雪中行走超過十五分鐘。然後某天你終於瞭解，要讓某個世界更新，重新換成一個季節，是否需要強烈的風速和巨大的積雲？在時間空間的巨輪下，劇烈的革命。

走在圖書館的石子路上，一不小心整個人就被風像一片落葉般從階梯上吹落，雪大片大片的打在身上臉上，雪花一沾到臉龐立即就融了，在身上唯一剩下的一點溫度裡。臉上冰冷著，痛，像發著高燒般地紅通通，露在外套外的手，凍得無法動彈。紫紫的。

雪已經大的不像是雪了，像整個秋天棉花田豐收的季節，彷彿怕不夠大，不夠冷，人便不能從夢裡醒來一般。拼了命地下，似乎像在世界末日前跳的絕望之舞。

公車站旁的咖啡廳，玻璃，在室內室外的溫差下，像湖面遇著了風，吹起整片霧，濛濛的，讓在外頭等車的人，奢望探頭偷看裡頭的那一點點幸福。暈黃的燈透著淡淡的思念。白雪飛絮般地，白浪般地，龍捲風般地從屋簷上成片漩渦式地倒捲，電影院裡黑白片的倒帶，在佛洛伊德的夢裡迎面撲向路人。雪亮的刺眼，微微低著的頭，想躲避那狂風，卻恍然不覺早已身處其中。在不知不覺中，人走進狂風巨浪，彷彿前一秒還是放晴的藍天，一回頭，卻換了一個世界。

微微仰頭，在路燈下，雪是一粒一粒星子鑽石般的晶體，眨著眼，在燈光下，形成各式彩虹的顏色。窗戶裡的人，眼鏡掛在尖尖的鼻樑上，低著頭閱讀，打字，一杯咖啡放在咖啡色沙發旁的小茶几上。街上，幾乎沒有人影。卻有各式各樣白日留下的足跡。

習慣夏天的人很怕有雪季的國度，然而有人總是愛著下雪的，喜歡冷到徹骨的感覺，冷到可以感覺到剩餘的體溫，冷到整個骨子知覺變得很敏銳。你愛上灰色的天，和嚴寒，陰陰鬱鬱的死寂，有一絲滄桑的美。又或許有了冬季，人才會想起春季的顏色，又或許，最終你明白，其實愛的是冬季和那嚴寒。一個可以窩在室內火爐旁的好理由，穿著連身的睡衣窩在火爐旁，讓濕濕的長髮順著沙發的角度，滑下。一杯飄著玫瑰花香霧氣的熱茶，一點點蠟燭的芬芳，和書本泛黃紙頁的歷史味道。你用鉛筆在空白的書頁上角寫下，幾個祕密，然後偷偷地微笑著。

漫天的大雪即使在黑夜裡，還是會點亮整個世界，白色的雪原本就是一種光亮，襯托著黑夜，很少人會想，雪原來是透明的。在公車的玻璃窗上，一片片白色的大雪花如同白色百褶裙上的點綴，降到車窗上，慢慢地融化縮小，一朵朵在時間裡倒退著開放的花，由盛開變成一朵花苞，水滴般的，透明的，不再是長著羽毛般的白色蝴蝶。它墜落了也好，降落了也好，固定了，回到家了。好的夢快樂的夢，都是一場新的夢，只有冬季夜裡才會有的那一種，當人們都快入睡，雪偷偷地在嚴寒的空間中，慢慢地累積，堆起另一個銀白的世界。你的名字：是冬季。

飄雪

一如預期，雪季終於來了，雖然，從來不曾真正確定是哪一天。然而，就在還沒有心理準備的某個清晨，匆匆忙忙地一如以往趕著公車時，一推開門，臉上便感到一陣寒氣，露在外的雙手，也凍得紅紅痛痛的，只得把手放進大衣裡，然後把大衣的扣子往上扣好，略略縮著脖子。呼出的氣，是一抹一抹白煙，早已經忘了上一季的雪到底是什麼樣子。然而乾乾的氣候，空氣中卻見一絲絲的水氣，好不容易落到衣服上時才發現是一點白白的雪。那不同於透明的飄雨，透明而又不那麼冰冷，從天上到墜落，終究是同一個模子，透明的水氣，一下子解釋了全身皮膚乾乾癢癢的理由，原來身上的水份都被冬天吸走了，化成雨。只要再寒冷一點，只要再寒冷一點，然後當所有人類的淚水都蒸發，蒸發而後又化為雨落下直到乾枯後，然後再寒冷一點，心就化成了石頭了，雨也結成了一顆顆的雪。它快樂無憂地隨著風輕舞，毫不在意自己單一的顏色與執著，卻也冷漠地，吞噬掉所有的色彩。然而，還是欣喜那雪花的。是的，那一顆顆硬掉了的淚，是寒谷底倒著開的花，一片片像一本散了的詩集，一陣風，連紙頁上的字都零零落落留不住紙上，於是紙散了，平行式地飛翔，字也散了，垂直式地飛翔，不過是比較緩慢，假裝無視於地心引力，它默默地降在不同人的臉上身上。那一點點白，化開了，隨著差異的溫度，在人的微笑中提醒它曾是一滴淚。如一首走調的輓歌。初雪，因為氣溫不夠寒，總是曖昧地。夾雜著雨，似有若無。然而發現是雪花，竟也是欣喜的，不顧冷的顫抖著身子。感到越稀薄的空氣，卻感到呼吸進去的冷度，一路冷到心底了。

他說過，他們不是生於冬天吃糖炒栗子的年代，書本裡形容一鍋鍋熱沙和栗子，那一包包石頭。不過她卻也不在意，因為覺得糖炒栗子只存在於較古的年代裡。在白色的世界裡，他總是穿著長長的黑色大衣，帶著黑色的公事包，遠遠地看，就像一個黑色的影子在白色的沙灘裡。她總是想著伸手去拍掉他頭上的雪花。冬天的季節，吃什麼好呢？她喜歡吃冬天季節裡吃不到的，比如那夏天的冰，然而她還是選擇燒仙草了。為什麼是燒仙草，他總是疑惑，以為她給他出著燒仙草的難題，他卻總是能列出所有有名的燒仙草店，一一過濾。燒仙草嘛，仙草一顆顆格子的樣子剛好是與雪花相反的映子。形狀，顏色。他們總是喜歡在冰冷的天氣討論食物，然而她的理由卻有千奇百種。於是，在寒冷的季節裡，他們總是討論著食物，即使大多時候她總愛一個人讓雪花落到身上，即使弄濕了一臉，弄濕了頭髮也不在乎。他卻總是帶著一把傘替兩人撐著。飄雪，撐傘的話，就讓人見不著雪花從天上落下最原始的模樣了，像夜晚的星子，每一朵雪花都可以許願。每一朵凍結的淚都曾經有一個遺忘了形容詞的故事。她抬著頭看著他的側臉說。

烏燕

在雪季來臨前，有別於蕭瑟凋落的冬景。牠們是一片片黑色不落地的葉，在淺灰的蒼穹彌留某種視覺幻象的足跡。雪，一片片地來自於無明的落下，經不起一點風，順著風潮在氣流中飄盪，最終，卻也安靜溫順地落下。在灰色的天與白色的雪之間，多了那世紀末的黑，有別於永遠沉靜的天，與默默無語的雪，牠們是冰雪裡唯一的溫度，一點點跳動的溫度，在紫外線燈光下，唯一可以探測到的喧囂。

成片的飛揚起時，創造一種氣旋式的空氣對流，霸氣地抹去淺色的灰天，以成片的黑取代，彷彿潑墨式瀟灑地題上結尾的名。偶爾，零零落落，一兩點黑，在微亮的空中盤旋，像那已枯萎，乾皺的孤魂，抗拒著塵埃落定的宿命，依舊在冷風中折騰，丁點兒不感到寒，拍動著的翅，揮不盡的記憶，又或拉開著雙翅，一如張開的黑色大葉子，隨風飄揚，不規則的啼叫聲，此起彼落，如斷了弦的樂器，還用已破的聲音在空無一人的劇院唱著。

牠們非鷹也飛鳥，是最不討好的一群，漆黑的讓人想不到世界上會有牠們的舞臺。然而，此刻，趨近於零，開始降小雪，當鷹與色彩斑斕的鳥都退場之時，當世界只剩淺淺灰色的天，枯枝，和斑駁小雪之外，牠們卻成了靜態中的動態，死寂中以另一種死寂復活，空寂的舞臺因為牠們，活絡了起來。一幅幅流動式的畫，那毫無條理的飛翔移動方式，創造了流沙畫一般的特效，那破嗓的哭啼，喚起了枯藤老樹昏鴉的意象，只是這次沒有小橋流水平沙。那不起眼的黑，終究成為某個特定時代下的主角了。不美的景，究竟還是有某一個美的時刻，在昏暗的日落下，湖水，閃動著星光的嘆息。狐疑著那偶爾成片的黑，時而淩亂地飛散，時而孤零零地下墜，卻又在落地之時揚起，時而在空中迴旋翻轉，彷彿一股掙扎著需要被釋放的能量，愁困在小小被壓縮時空的舞臺間。意不意識到黑的憾缺已不是一個問題，牠們擁抱著世界定義下的醜陋，歡唱著荒腔走板的曲調，質疑己身被質疑的質疑，無視於世人的價值觀與評價。牠們是古董店裡一角不起眼的瑕疵陶瓷品，卻莫名地在某一天被藝術家買取，弔詭的價值存在於牠們的毫無價值，弔詭的美麗存在於毫無美的黑。於是，創造在不可能中創造，空間在壓縮間釋放。只要，願意展翅，也多了那麼一丁點可悲的變化。

沒有人問著結尾中的天涯，因為天涯對於牠們是陌生的家，此處此刻即天涯，斷腸人消失在畫裡，所有除了黑，白，與灰的色彩都被消了音，於是相等於不存在。只有如此，才能凸顯那不顯眼的顏色，只有如此，那毫無可取才會可取。所謂的美，定義才會被推翻與取代。牠們成群地於天空盤旋，恨不得從整個小鎮擴大到整個北半球，恨不得時間就此暫停，在秋季與冬季間，羽毛才可以無限延伸，延伸，不只是在三度空間中挪移，那破啞的聲渴望劃破意識層與淺意識，突破時空的限制到過去與未來，當時空都濃縮成一個句點。一如那棲在枯枝上的烏燕。也是一個點。

SLEETING

隨著日子數字增加，氣溫無上限地增加，只是前面永遠有一個負的符號。雪在夜裡在日裡靜悄悄地增加，累積，重疊，安安靜靜地以垂直地方式一片接一片地站立，也不顧冷風，沉沉穩穩地沉浸在自己的世界裡。

從此，人再也分不清深度了，在一片白色的世界裡，在挨近日出的時候，天邊的遠方偶爾還挾帶一點捨不得的月光，失眠的人圍繞著窗外，站在簾後探望著，臆測著雪會有多深。新聞上寫著的數字，永遠只是抽象式的，關於多冷，關於多深的雪，如果你從來沒有從室內走出室外，如果從來沒有勇氣一腳踏入雪堆裡，你永遠不會知道真正的雪有多深，一切的氣象新聞，或是鄰居老太太跟你報告的小道消息，永遠都只是片段，永遠都只是對於她們的事實，永遠都只是傳說。

睡不著的人，失眠的人，早起的人，披了幾層毛茸茸的衣物，外套，一走出去。

你終於明白這樣數字的溫度，如此穿夠不夠厚。總是有一些人是比較畏冷的，也總是有一些人是不怕冷的。即使那麼深的雪，踩在每個人腳裡，高度仍然是不一樣的。好比一個小孩，雪的深度可能就到他大腿了，好比對於美國人，雪可能只到他腳踝再深一點，好比對於自己，只有當你提起勇氣，在毫無人跡的雪地裡把一腳踏進去，你才明白，原來雪已經到半個小腿。

然而對於土生土長的美國人，雪的世界的認知，他們早已以足夠的經驗架構出來多冷，多深，和哪類的衣物與雪鞋。然而在如此寒冷卻又美的世界裡，誰又真的在乎，認知裡的事實與經驗求取的事實，世界上總有一些什麼，是不需要質疑的。

讀童話的人說那就是所謂的註定，讀哲學的人稱之為假像與錯覺，讀宗教的人說那是所謂的信仰。世界上的人仍嘗試用各自懂的範疇和語言解釋相同或是類似的東西。然而，在雪地裡，相信堆雪人也好，相信氣象也好，我們都在尋找著擁有相同執著的人，仍然擁有某種錯覺或是相信即便是所謂的象也好。

即使對於下雪的方式，有雪片，雪花，冰塊，半雪半雨，打的人又冷又痛的。走在白色校園裡，雪埋掉了一切的路，和大部分的路標，人很容易以為世界是錯置的時空，你以為到了某個極地，熟悉的路一夜間變得不再熟悉，路走得遲疑了，雪景美得讓人遲疑了。你問著，可不可以就站在這一直看下去？當你立在雪中的時候，一段時間，往往人會冷到已經忘記寒冷，而知覺那一部份，也會漸漸地從末端漸漸消失，所有的一切都是在和流水一般的時間內發生。在你措手不及，不管你同意或是不同意，時間如一個暴君，奪走了一點一滴。

然而最冷的時候卻不是雪最大的時候，那乾的，裂的，不是最冷的時候，彷彿很多事情發生的當下都不是最快樂最難過的時候，一切都需要時間累積，情緒。最冷的時候和最容易滑倒的時候往往是正在融雪的時候，代表一切已經要漸漸失去，遠離，像毛毛蟲化作蝴蝶，人魚化作人，鱗片一片片從身上剝落，魚尾漸漸變成腿。最難的時候往往都是要抽離記憶的時候，在過去的事實與新的之間，融雪的時候，是冷到心底的那一種。總該有一次，在還無人跡的時候，讓自己躺在雪裡，讓很多的雪片落在身上的感覺，感覺雪的味道。所以，雪的味道到底是什麼？

冬天的旅客

背著行囊，他獨自往前走。天，漸漸轉灰，漸漸暗，漸漸寒冷。最終，下起了雪。那毛茸茸的雪衣，手套，和一條圍巾，還有背在背上的背包。滿地紅色的楓葉漸漸被雪花取代。他的背影，一步一步地走在雪漸深的石子地上，兩旁是堆積很高的楓葉，枯樹枝也漸漸被白色覆蓋。她曾說，冬天只是過客，一陣子過後，就走了，於是春天會再來，好像那雨後的彩虹。她曾說，自己不要當一朵紅色的玫瑰，而要當一朵寒梅，在越冷越艱苦的環境下卻要把頭抬的更高更努力的往前走。她說，梅花只會在越冷的天氣裡笑得越燦爛。而那寒冷的冬天，卻只是過客，一陣子，就走了。他，驚訝她的樂觀與自信，然而他卻覺得與冬天比較起來，人反而比較像是過客，從一個季節走入另一個季節。她總是在每個季節可以發現不同季節令人開心的事，他卻覺得所有的季節都只是一個樣子。本質上，一個樣子，就好像那不同形式的圍巾，手套，大衣，本質上是一個樣子，都只是禦寒。然而，她卻喜歡把本質一樣的東西誇大。然而，所有本質一樣的東西，因為她的原因，都從一種本質變成另一種本質。雖然一樣還是不變。意義卻從禦寒變成了她。

她：「所有的季節都是過客」

他：「人才是所有季節的過客。」

她：「那你一直走嗎？」

他：「你用另一種不動的方式行走。你讓季節，就這樣走了。所以我們都是在行走的人，只是用著不同的步伐和形式。」

她：「你總愛把事情弄得很複雜。」

他：「因為有人總想不清事情。」

她：「季節不會累，我也不會累，一直走的人，背影看起來很孤單，有天可能會累死在半路上。」

他用雙手把她的毛帽子往下拉，圍巾套著兩個人的脖子，問她怎麼有人鼻子總是紅紅的。你看，只有玫瑰才是紅色的。她卻想走了，或許，某種程度上來說，所有的人都是季節的旅客，或許某種程度上來說，只有某些人以為季節才是旅客，就像她。或許，人們都在世界上漂浮著，而不自知，或許，所謂像樹一般黏在地上根的感覺，只是一種想像與建構，實際上，並不怎麼存在，或許，家鄉，只會存在記憶裡。不論人走或不走，走了多近多遠，多短多久，只會在記憶裡。於是乎，比較不安的人，趕著在季節之前，假裝，季節只是周而復始。難得下兩三個月的雪，在之前盼望著，在其中倒數著，在過後卻又思念著。她每次總愛在那落葉的樹下發呆，在那會下雪的樹下。他卻總愛經過那樹下，然後相遇，然後，總是在很寒冷的冬季，一起走過那條街道。於是，那一段漫長的路，在前面有個孤單的身影，在後面也有個孤單的身影，某個時刻，影子重疊了，從此，兩個身影會繞著一條相同的圍巾，一起走過剩下所有的路。然後，誰在乎冬季是過客，還是人是過客，只因為，擁有彼此，冬季再也不會寒冷。

雪花方程式

約定不會過期　冷藏著
在零下的溫度
編織了一個月的圍巾
暖呼呼的回憶
套著地球
這一邊　那一邊
雪花是白色的翅膀
載著心裡的夢
橫跨大洋

風的呼喚　是心的回音
彼岸夜晚淡淡的星子
帶給銀白世界一盞溫暖

我們都在等待　掛在天空
沒有懷疑的　閃爍的眼睛
那個從前的自己
和遺失了在歷史裡的夢

雪影　零下三度

我看不見在黑夜中的你
你卻可以望見在屋內躲在窗簾旁燈光下的我

人都在冬季期待白雪，一場大雪，可以埋起些什麼。生命裡的隱隱作痛，思念的心情，過於歡樂的，過於悲傷的，所有凡是套上過什麼的，都該在深夜的雪裡沉靜下來。沉靜下來，然後，你才可能會看得見，一直站在窗外守候，黑夜中的對方。

為了看冬季的的一場雪，人，選擇徹夜不眠。你固執地相信，過低的溫度，終將會降雪。於是你守著，守在窗旁，整夜。人們說，被遺留下來等待的人，總是最苦的。然而，在降雪的季節，所有的感覺，終將會被掩埋，在那一朵朵白色的花雨下，掩埋。於是你到後來才明白，一直等待的或許從來不是你，而是那一種所有都被掩埋起來的感覺。你想著記憶被埋在雪堆裡，喘不過氣窒息的感覺，就好像某種心裡難過到窒息和缺氧，終於，脫離了。於是，等待是必須的。那一場，該到的雪季。窗戶上，呼著一圈圈溫熱的空氣，形成白色的煙霧，貼著玻璃，然後又無聲的消散。所謂的自由，不是在某種特型式下的自由，所謂的自由，是在於遑不遑論環境，心都是空的。你抽掉了什麼，帶走了什麼，空的，然後，人們在用某種稱之為宗教與信仰的物質填滿，在虛虛實實裡擺盪自欺。總得被抽空些什麼，人才會開始質疑一切，然後漸漸讓虛幻的物質填滿那無法在世間獲得答案的問號。等待，是一種介於不願意與無法自拔間的麻藥。久了，人也麻木了。習慣於麻木的狀態，然後失去知覺，再也無法轉換另一種狀態。然後就在已經習慣麻木於冰冷氣溫時的冬季，兩個陌生的人，總各自喜歡佔領著圖書館某一個角落，斜對面的，偏著頭發呆，一不小心就遇見彼此的視線。

他看著廣告牆上的溫度計，喃喃自語：零下三度。他的話在冰冷的空氣中呼出一圈圈白色的煙霧。走出圖書館的時候，伸出手把帽子往下拉一點，圍巾重新綁了一次。

傍晚的課，天，總是黑漆漆的，空氣冰冰的，月很冷淡的掛在天邊，常常只有人和自己的影子。她不喜歡傍晚回家，沒喜歡過。傍晚的課也好，加班也好，總讓人得面對很空蕩的晚班公車。遠遠的看去，人像一個點，坐在公車尾端的角落，快從世界上消失一樣。

公車裡的玻璃，黑黑的，可以看見自己的倒影。她的，和旁邊的一個。在黑暗中，偶遇，在很多平面的同樣某一邊。幸福，就是在夜晚晚班公車上的玻璃窗上可以看見彼此的影子。

歸樸

我從夏天寫到冬季，忘記了睡眠，日以繼夜，以咖啡銜接每一個傍晚和清晨，中空與模糊的灰色地帶。

咖啡

一開始　總是最難的
心　要迸裂一樣
是指

喝咖啡

感覺
莫名地加速的
心跳
毫無邏輯

咖啡豆在咖啡機裡
磨得咯咯作響

像粉狀的故事
勉強在記憶裡
卻硬要榨出
殘餘的形狀

攪和在海底暴風圈
硬擠出幾滴
乾狀的眼淚

褐色碎碎的粉末
帶著一抹　冷笑
不怎麼顯出同情

水　依著熱氣
分崩離析
顆顆粒粒的黃河流域
閃著鑽石般的承諾
冰粒的透明形狀
透明的　讓人看不清
真實

極熱的溶液
極冷的天氣
無限制的放縱沉溺
在忙碌裡　在喧囂裡
深深地掩藏

彷如一場噩夢，再多的咖啡因也拯救不了疼痛的軀體，靈魂，相對地，已無足輕重地化作泡沫升天。於是沉溺在那天馬行空日子，一個住在湖邊，從夏天到冬季，你一呼可以感覺到連落日都有不同的呼吸，隨著潮來潮往，咖啡漸漸地上癮了，心跳漸漸地減弱了，你不再害怕喝咖啡後心跳得很快的感覺，你已經感覺不到有什麼變化，然後一杯接著一杯。只要人一開始對什麼上癮，癮子只會從一種跳到另一種，不斷地替代，永無停止，像被詛咒一般，沉淪在永不超生的奈何橋邊徘徊。每個動筆的人，都活在自己的字句間，排列出自己的世界，或許只是春天的一片落葉，冬天一朵不規則的雪花，卻可以讓人聯想到一生的故事情節，你說，人可以活幾回？作家卻如九條命般的貓還多一點，活過了多少回，不同的悲歡離合。脫離，進駐，在不同的靈魂裡，在幾年以前看透別人幾年後或著是一輩子的命運，深度，廣度，或許因為如此，心跳漸漸緩了。習慣和時間有如不恰當又荒腔走板的麻醉藥，然而那按捺住的心在波動的表面底下卻又沉的止。那替換的包容，因為你懂得，置換立場，幫不同的人編著不同的背景故事，理由情節，於是，你懂，為什麼，卻不需要問出口了。

咖啡裡跳漏拍的心跳節奏，像散了一地的詩篇，淩亂的字句埋在湖岸白色細砂堆裡，然而卻出乎意外地在藍色的星光下獲得救贖。在風裡，在波浪間，在心跳已經習慣咖啡因後，卻又再次獲得某種平靜。自在一如白開水，在任何時刻都不該有質疑或遲疑的感覺。當你重回舊都，才發現到最真實的，一直都在希臘山頂，從未離去過，守候著。

德國　下雪了

所謂的他鄉，即便都是異鄉？那種意指不同於歷史內曾經熟悉的時空，錯置地即便是在夢裡出現也是所謂的異鄉。不相信氣象預報真實性的人，總愛讓溫度給人帶來驚喜，某一個充滿陽光的午後，公車上交頭接耳的小道消息傳著，今年冬天的初雪，會在這周出現呢。人的心情呢？等了大半季，紅透的秋楓在風中狂亂地散了一地：準備好了，雪，可以開始下了。

這一切的一切，都不是夢。某個即將下雪周的午後，感恩節的前幾日，不期待某種形式的團圓，卻會有其他種形式的聚會。某個午後，沒有所謂的咖啡香，不過閉著眼，偷睡個午覺，卻含糊地做了個噩夢。夢到在前往北方的高速公路車上，窗子開著，風打散一頭盤捲起的長髮，讀著一封信，才閱讀到一半，無法再讓視線前進，後來的劇情，轉到下車時，想尋找未看完的信，卻發想尋找的信不見了。這一切的一切，都不是夢，或許，根本不該午睡。

就好像人生裡很多東西，和人，都會稍縱即逝，突然消失在你生活和生命裡，所未的遺失。好像信箱裡，總會出現尋人啟事。消失前念或後面加上一個名詞是幾乎每天會生的事，耳環，絲巾，項鍊，key，甚至，人。然後成長意味著你得學習習慣，面對失去，任何形式的失蹤，遺失，失去，然後必須承認，幾乎所有的東西與人都會消失。無法面對的人，時間對於他來說便是靜止的開始，stagnation。美國詩人Elizabeth Bishop的*One Art*把習慣失去當作一種藝術，到後來，一切都要學會淡然處之了。然而即使是淡然，你疑惑得問，是不得不地被逼迫，還是真的解脫？雪，是無聲沉默的文字，如同把世間的歌曲看得淡然，只需意會，聽完了一曲，便立即地遺忘。原本，沒有什麼是我們所擁有的，原本，沒有什麼是真的屬於你的。拿掉了我，與我的。影子都可以分離主體在月光下獨舞。蒼涼的沉默不需要多餘的詮釋，不懂或拒絕表達其實都不重要了。

記憶如果處於滿的狀態，怎麼能再承載？生命在每分每秒都處於放手與放下的狀態。而後，遺忘與放空成為最大前進的動力。

準備好等待下雪的心情了，你說著，揮起魔法棒，雪，可以開始下了。

我們都曾經對聖誕老人的故事深信不疑。

那一年，你給我說德國下雪的故事，我抬著頭問你，可我沒看過雪呢。

藍月

Blue moon

飄著小雪的傍晚，過節的小城街道，店家，戲院，總是空蕩蕩地，彷彿就可以在那搭起一個小蓬拍起一場電影。人潮都往大都市擠去了，小城裡的人們，儲備好了糧食，和家人窩在火爐邊，足不出戶，過著聖誕的假期，在屋內享受著寧靜。各式各樣聖誕節的彩燈，閃著各種珠寶鑽石的光芒，在漸漸入夜，在陰灰灰的天空中，在寂靜的市街，熱鬧著。如同星子般的雙眼，幸福地閃爍著。穿梭在水巷間，偶爾這一戶的麵包香，焗烤，歐式海鮮濃湯，一陣陣炊煙從屋頂，從窗戶滲出。那溫度，以某種緩慢的節拍，在結凍的空氣中展現冰上旋轉。偶爾，這一戶那一戶，窗簾內的鵝黃色燈光又點起，又熄滅，窗簾背後的人影，走動著，提起手，上演著各式各樣的互動。轉角間的小店，播放著Billie Holiday的Blue Moon⋯

You saw me standing alone
Without a dream in my heart
Without a love on my own
Blue moon You knew just what I was there for
You heard me saying a prayer for

「once in a blue moon」象徵著難得的事物，像奇蹟一般地實現了，好像小孩入睡前開心地放上一雙襪子，許著願望，問爸爸：那，我這樣許願，明天禮物就會出現了嗎？因為聖誕節的禮物，讓被寵壞的小孩從此相信著，只要還擁有許願的能力，願望總是會實現的。電影的劇情裡，披著一條手工針織毛圍巾的Elsa在英國的街道，抬頭問為什麼水是藍的，身旁的男子用著厚重的口音回答因為倒映著藍天。她接著問，那為什麼天是藍的？那為什麼月亮變成藍色的？多年後，Elsa坐在深夜的桌前，讓燃燒的蠟燭，消磨著時間，用有羽毛的筆在泛黃的日記本上寫著：藍色的月，是孤單的，因為加上三百六十天倍數外的天，月大多數是銀白色或是和羽毛般的米黃色，或橙紅色，大部分的人沒有見過藍色的月亮，也沒有機會見到，就算見到了，或許也會懷疑是否是月。於是，藍色的月，總是存在神話故事的傳說裡，那個大家都聽過的童話故事，卻很少人願意相信。而後在聖誕的前夕，家家戶戶在溫暖的爐火下團聚著，。又或許有一點可能，當人拉上窗簾時，不小心望了一眼窗外的天。然而又或許那麼地心不在焉，錯過了轉藍的月。又或許，被歡樂的氣氛包圍，即使看到了藍月，也就只是那麼一眼卻又遺忘了。藍月又像極了一片片白雪，讓人想要捕捉住每一秒美麗的剎那，卻往往在急於捕捉中錯過，抑或發現白雪是不能捕捉的，一降落在手中，卻又融了。Elsa認真地一步一步踏在新生的白雪上，在紙頁上。只有冬季孤單的人，落單在室外的人，總是失了眠整夜望著窗外的人，每夜每夜望著那從圓漸漸轉虧，從虧再漸漸轉圓的月，問著各式各樣沒有答案的問題，然後某一天，才得以見到那藍月。在懂了冬季的存在是為了更能對春季欣喜，在懂了殘缺的月才是真的美，在懂得接受人生中各種形式的缺憾，然後坦然地伸出雙手，讓雪花飄落，卻不再捕捉，然後微笑地面對那三百六十五個月，看到那不完整中的完整，而後忘記其中的差別。而也唯有在此時，藍月才會深植在人的記憶裡，在時間的限象裡重疊。在人們都學會了愛。

夜色

遺失的寒冬清晨
當夜色還拖曳在天邊底端
曙光埋在霧色中
那揮之不去的殘夢

嗚咽著　參雜著水墨色的黑白
露水
是留聲機裡音樂最後的音符

交半的時刻　仰頭
仍能望見星子

漸漸消逝的那一種
是鏡頭拉遠　拉長
如火車鐵軌上的融雪

那一年
夜色　白
天　寒著

埋在雪地裡的詩篇，字跡卻濃稠著，膠著著，糾纏著，你才恍然大悟，那一個又一個的影子，在雪地裡的印子，是遊蕩在記憶深處遺失的溫度。即使是夜，仍有微弱的星光，樹影，條狀似地，纏繞著，勾畫著大地，環繞著一棟棟淺灰色頁岩的建築，相映著，卻怎麼也感不到冰冷。那石子的溫度，是人得伸出手指觸碰著，才感覺得到的。他總問：那來又迷路的小吟遊詩人，在夜晚裡遊蕩，會冷到的。

那是異國的雪景，卻沒有臺北街頭冬日的冷，因為濕氣，風一吹，冷入骨子裡的那一種。臺北街頭，有熱呼呼的糖炒栗子，總愛吵著買糖炒栗子，卻不為著吃，卻只是為著站在小販旁，看著炒栗子，和感覺暖暖的熱氣。

在國外，人就沒再遇過賣糖炒栗子和烤番薯的路邊小販。有的，是一棟棟學校的頁岩建築，建築外邊，會冒著暖氣。總是好奇那一幕幕白煙，後來才明白，原來建築也會怕冷。世界弔詭著給無生命狀態的建築增溫，卻忘了在雪地裡失溫的人們。他說，我們去看墳墓與教堂。沿著一排排頁岩建築，鋪著石子的道路走到底，有一棟小教堂，教堂的外圍，有許許多多的墓碑，在冬季的時候，雪覆蓋著所有的石碑，那一個個被遺忘的名字，撥開石碑上的雪，總有些墓誌銘，一個個的名字上，是某某親愛的，那曾經被深愛與愛過的名字。然而，有沒有照片，卻不再那麼重要了，那刻在心底與腦海裡的輪廓，卻不需要多餘的照片來提醒。真正過世的人，指的其實是被所愛的人遺忘的人，能被記得著的，都還存活著。她說把該遺忘的鬼魂留在這裡吧，她說她不要當一個被遺忘的活人，蒼白著的嘴唇，她伸著手，按著心口。透著厚厚的毛衣，卻是跳動著的。跳動著，即使在雪地裡，也聽得到聲音。沿著小道，小教堂的建築是清教徒式的簡單樸素，這座小教堂，即使在半夜，也是未鎖著門的，走進去，腳步聲在木製的拼圖地板上發出剩餘柴火吱吱作響的聲音，像在密室裡的耳語人們。有個祈禱的跪墊與十字架在門的右側，一台黑白琴鍵錯置的鋼琴，兩排的木製椅凳，挑高的天樑，三角斜式的，兩排的彩繪玻璃，在月色下，泛著淡淡的滄桑，夜半在教堂許下的願望與誓言，又是哪一種的願望與誓言？夜色從屋脊的倒三角，往下透，點點搖晃的星光在倒置的黑白琴鍵上跳舞。在深夜與清晨的交界，時間重疊了，誓言是否也被聽見了？該醒的與該沉睡的，該留著的與該放手的，在月色下，是否沉澱出來了？

鏡子裡的雙人舞

聖誕節的時候，廣場前飄著小雪，大廳裡有一個三樓高的聖誕樹，上面裝飾著許多星星，會發銀色光，可以許願的那種。音樂一首接著一首的播放，waltz，Tango。許多人，認識的，不認識的，熟悉的，不熟悉的，雙雙對對地進入舞池。

她聽著音樂，腳踏著拍子，從眼角瞄到他的眼角。兩人就在大廳的東邊，大廳的西邊，聽著音樂，看著舞池裡的人跳了整晚。偶爾，偷看，偶爾被偷看，又偶爾兩人在偷看的時候，眼角餘光很尷尬相撞了。好像兩個不太會跳舞的舞伴，偶爾踏到對方的腳。那晚，互相猜測彼此也不會跳舞。

上舞蹈課的時候，她想像著自己的舞伴，在鏡子裡。那總該有人的位置，那空了大半年。她看著自己練腳步，看著自己旋轉，看著自己跳錯，看著自己傻笑。

那一年的聖誕節，他從很遙遠的地方回來，約她去有著很高樓層慶祝聖誕節的廣場。很冷，然而他在耳邊說話的聲音，卻是一股股白呼呼的熱氣，天氣太冷的時候，臉頰卻也會解凍。他冰凍的手，她冰凍的手，各自在自己的外套裡，卻可以感覺彼此的溫度。進入了大廳後，他問她，跳舞好不好。

他們說跳舞只要男伴會帶，女生顧好自己的腳步和美美的姿態就好。他跳著生疏的步伐，她跳著生疏的步伐，卻只感覺到彼此手心的溫度和心跳。他們也說，跳舞，是最容易愛上對方的方式。她想著，是先愛上跳舞還是先愛上他？

那麼忙的人怎麼會跳舞？你哪時候學的？

他一臉訝異她居然會跳，他們問著相同的問題，臉同時沈了下來。在轉錯圈的瞬間，他感覺到她在耳邊的呼氣，想著彼此跟誰跳過？

在踩到他腳的時候，他趁機問了她是不是去偷學，他跟她說，學跳了幾堂課就是等今晚，兩人對笑著。

她猜，鏡子空著的那一頭，原來一直是有人的。

過冬

沒有繁華的景物
蕭瑟的季節
讓人想起過去走過的道路
及未來幾年

一段小小的道路
一段生命旅程

或許　看到一片很安靜的雪景
所有從天上灑落下來的
白色棉絮

無聲無息的
排排坐在地面
緊緊靠著彼此

雪怎麼也怕冷嗎？好像怕冷似地，依在一起取暖。時而有風時而無風，但是卻少了春天和夏天的鳥鳴，呼吸白霧霧地，臉紅通通的，是那雪地裡的火嗎？

在雪地裡，連許多許多年前的記憶，那種可以記到天荒地老的回憶，都得冰封起來，和沒有戴手套的手指還有包在雪衣裡的身軀一起打著抖擻。或許，能冰封起來最好吧。她，在秋天落葉的時候，很怕想起，在高興的時候很怕想起，在很多時候很怕想起。冬天是埋葬記憶的好時機。但是許多人不知道，冬天過後會有融雪，好不容易收藏好的，埋葬好的，修補好的，很容易又被想起。她說她最喜歡某個校園裡的某條走道，某個樹蔭，某間咖啡廳，因為那時候沒有太多的記憶，那時候，她正在創造記憶。

人到了一定年齡，開始喜歡聽以前的流行歌曲，因為每一首歌，讓人想起某個時候的自己，那麼清晰，有快樂的，有悲傷的，人到了某個年齡，有時候會忘記，現在其實也在創造記憶，只是這次的過程，需要許多的翻閱過去，許要許多的累積，許多的埋葬。因為，你說，有的人的心就只有那麼一丁點，能容得下的，並不怎麼多。於是，我們得空出一些空間，不管願不願意。

或許，有人選擇不走那五分鐘冷冷的雪地，好把所有都埋葬。有人選擇用十五分換取讓記憶暖暖地在公車裡，看著外面白霧霧的世界，有比較多的人選擇聆聽車裡的人聲，試圖淹沒記憶裡的聲音，有些成功了，有些失敗了。種一棵樹吧，把所有都埋在底下，讓它在春天開出一朵玫瑰花吧。這是冬天的邏輯，但是讓人感覺很溫暖。她聽著以前的歌，不懂大部分的人喜歡拿過去來填補現在，畢竟人生還很長，或許人們都該創造更多的記憶。冬天的邏輯就只是簡單，和寒冷，那種可以讓人一個人孤單的很快樂的感覺。彷彿獨自走在法國塞納河畔旁的的冰天雪地，讓冷風打在臉上和吹亂頭髮的感覺。冬天，就應該寒冷，應該遺忘所有該遺忘的溫度，或許，當人開始創造記憶時才是真正的遺忘，或許，當她某天給他記憶的種子時，可以一起微笑得很開心。

威尼斯的嘆息橋

嘆息橋為何被稱做嘆息橋？

它就這麼靜靜地搭著兩個世界過了好幾世紀，左邊充滿皇宮貴族舞會的歡笑聲。縱使夜晚也充滿各式燈火的色彩，右邊卻總是死寂，靜默的牢房訴說著一個又一個悲劇的故事。衣衫襤褸的死囚，吃著最後的晚餐，然而又可以從橋邊的視窗看到對岸繽紛的影像，聽到音樂。在跳舞的貴族想著如何發展一段新的戀情，死刑犯心裡想著的呢？嘆息的人據說是在牢房裡的人，然而誰又知道在舞會中的人是不是真的很快樂呢？或許舞會中的人有認識人在牢房裡呢？

它是這麼的搭著兩個世界，從來沒有分開過，或許，這兩個世界原本是同一個世界也不一定，只是各自戴著面具，在地球的化妝舞會中。

聽說，午夜十二點的時候，戀人要是在橋下接吻，會得到永恆的祝福。

戀人在不同的時空生活了那麼久，不同個性的人，為何會在這麼大的世界，在某個時間，地點，碰到了彼此？不同的故事總有不同的結局。或許碰到的時間不對，或許沒有機會到橋下接受祝福，或許沒有開始是最好的結束。當橋牽起兩頭的世界的時候，它有沒有想過誰會比較思念？就算百年以後橋的兩邊分開了，故事是不是還被流傳著？就算戀人分開了，是不是還會彼此思念一點，偶爾？為何互相喜歡的人得不到永恆的祝福？一個人的思念可以有多久，威尼斯的水波大概聽過很多類似的故事，或許戀人思念的淚水也在裡頭，是嗎？

有效期限

我把底心
從遙遠的　記憶的海裡
你的底心
收拾回來

在錯過幾場花開花落
那洋溢著的
恆久不滅的愛

是在人群裡
尋找一次又一次

類似的背影
然後在某個時刻
發現　終究只是
幻影

花開的時候
我答應自己
把你埋在土壤中

花開的時候
我決定
把心從那遙遠的回憶
收拾回來

海

它存在於
記憶深沉的
患得患失
那一種四季的
潮起潮落

變幻得一如魔術師
手中的黑色絲巾
隨著那雲湧的蒼穹
無止盡的地平線
擺盪

無法完整的一個圓
弧　總是那麼　顛顛簸簸
不完美地完美著

那一時風平
那一時　靠岸
海的故事
總說不清

旅行

就像一場單程的火車票，開動上車時，順著鐵軌，被帶著走，不但再也回不了頭，下不了車，就連停止的時間，都是遙遙無期了。

每個旅行都有不同的開始。短期的，長期的，因為各種的原因，度假，遊學，留學，遷居。人在某一種程度來說，像候鳥一樣，在世界各地飛翔著。在每一寸的地理環境，適應著，久了，也習慣那一種飄渺的感覺。

那一場場風景，是車窗上每一個不同層次的色調定格，陌生的，似曾相似的，甚至熟悉的。異國到了最後，也多大同小異。大部分的城市，都是五光十色，大部分的鄉村也都染著純樸的世外桃源與世無爭。只是換上了不同國家的地標，建築，地理，氣候與季節。那恆久的冰天雪地，四季如春，黃沙滾滾，就像書裡一頁一頁的記事。旅行，像罌粟，是陳酒，是會成癮的。不論快慢，在旋上螺絲開始啟動後，再也停不下來的一場舞。當你習慣移動的旋律，和那飄浮失重的感覺，那移動也在不知不覺中成為了一種平靜。

捏麵包

就像
麵粉　加水　加糖
開始揉啊　和啊　捏啊
小小的文類　少許作家　在小小的烘培室內
不見天日
親愛的　我不是在寫情詩

偶爾還有錯字
偶爾　想捏的形狀
不小心　又變了調

親愛的　　那不是因為
我在想你
在月光下　偷偷地磨出了些什麼
時間　在生命的詩歌裡加味

親愛的
待我將
我的麵包　放到烤爐裡燒烤
一如我們的愛情　　慢慢地加了溫
在地中海的陽光沙灘下
漸漸地　染成幸福的
咖啡色論文

三月

今年的冬季，讓人很迷惘，一場一場的雪。好比今日漫天飛雪，隔天卻又融了一片。不連續地斷斷續續，讓人不真正覺得是冬季，同時又覺得冬季應該還一直在持續下去。因為在等待，等待一場連續一兩個月的大雪，一段比較長而又持續白皚皚的世界。就這樣不知不覺，到了要調日光節約的時候，然後突然某一天，有人跟你說，春天到了。身上卻仍然穿著厚厚的毛衣，脖子上的圍巾卻還未意識到已轉換的季節，彷彿，過得不夠似地。看著窗外的飛雪，一片片從屋頂上隨風滾落，好像一個又一個的小漩渦，整片地橫掃下來，撲在透明的落地窗上。

下著大雪，人群裡各色的大衣在雪中，漸漸被覆蓋，取代成白色，好不容易抖掉了，雪又沾滿全身。彷彿白色的世界容不下其他顏色一般。

今年的冬季跟往年很不同，因為是如此地斷斷續續幾場雪，感覺很不踏實。明明還是晴空萬里，已經沒有雪了好幾天。突然某個下午拉開窗簾，又是一片雪景。開始問，哪一天是一場夢。好像雪也有生命似地。好像蠟燭的這一頭燒盡了，融了的蠟卻又可以在另一頭燃燒。世界這一半進入冬季了，另一半卻還是春天。這一半走到季節的盡頭了，另一半卻開始季節的開端。所以生生不息，永遠都有雪季，永遠都有春季。雖然，不能做追著時間跑的人，卻靜靜地體驗生生滅滅，生生滅滅，沒有起始沒有終結，只是一個很標準的圓。季節輪迴著，萬物輪迴著，好像坐在遊樂園的旋轉木馬上，前世連著今生，連著下世。如果時間是摺疊著，誰說我們不都在做一場夢。誰又敢肯定昨日是一場夢，不是一個前世。春天就這樣到了，三月的時候，一朵朵白色沒有溫度的雪花，還眷戀著這北半球，卻在手上僅存的溫度下融了。

三月

三月悄悄地降臨
那執著的白色
終究還是褪了去

綠蔭
在未來的幾個星期
會取代死寂

隨風起舞的將不再是
一片片輕盈白雪
而是綠芽芽的新葉
和繽紛的春花

冬天太孤單
沉默了幾百世紀的
落寞地跳著單人舞
即使一身的繽紛
仍抵不住大雪

那春天，期待很久了，走過一條下著花瓣雨的路是會感覺很幸福的。然後一點點微風。時間又被偷走一小時了，日光節約，於是那些冬天躲在屋子裡，穿著毛衣，毛鞋和和軟毛帽的人們，出去戶外踏青了。那些喜歡在冬季穿繽紛顏色的人們，卻大多喜歡在繽紛的春季穿淺白色系的衣服。

春天太熱鬧，太多顏色太吵雜，所以應該為世界帶來一點寧靜。就好像該為冬天帶來一點微笑似的。

陽光的蹤跡

冬季的寒冷，黑得讓人摸不清晝夜，在半夢半醒之間，醒了又睡，睡了又醒，沒有時間，沒有空間，在夢與現實之間的差距，除了呼吸，還是呼吸，然而呼吸卻也透明得摸不清。就算暫時停了幾口氣，也無法把自己嗆醒。冬季，黑得，讓人漸漸遺忘生與死的距離，像一口深井，掉入了，卻探不到底，人等著墜落的聲音，卻只等到自己等待的嘆息聲。那柔軟的軀體，懸宕在橋之上，等待著墜落卻又無法墜落。然而幾抹雪花在落下之後，就連嘆息聲也沉靜了，那細微的。在音樂裡，重複了幾個晝夜，卻還是找不到答案。冬季，延續著同樣沉重的顏色。

望著陰暗的天，冰冷的空氣撲在冰冷的臉龐，毫無表情的細雨，落在凝望著的眼神，空曠無底。淺藍的眼睛和深邃的黑，究竟也是相似的深邃。漫漫的長夜，不論時針秒針如何走動，卻走不出一到十二的數字，夜與日的交界，跳不出的橡皮圈，格子牆，走吧走吧。

嚮往日光，彷若植物依賴著光合作用與趨光性，蟄伏那無邊的冬季，黑得讓走不出寒帶的針葉森林，冰冷的腳上，踏著未知的版圖。矛盾的春季，訴說著，別讓人習慣了冬天的寒冷，才又莫名地離去。在淡淡的陽光下，思緒卻也可以淡得沉重。在微風中輕擺著，擺著，如隨風偏頭微笑的小花。

還不習慣漸漸暖起的溫度，卻還總是冷著，在風中。春天來了，有人卻還活在冬季，在微微的風中，更感到寒冷。

他說，張開手，那這給妳。她張開了手，卻接了一把冰，然後他們都笑了。他說在笑容裡面，冰會漸漸融化在陽光底。那把冰，帶走了冬季，在春天的陽光裡，融化。

春天的陽光裡，有偌大片的藍天，幾絲如彩霞霓衣般的白雲，掛在天的這一邊，那一邊，像一座白色的橋，搭起了海洋的兩端，在遙遠的距離與距離間，劃出一條小徑，可以達到彼岸的通道。然後不需要仰望著陽光，尋找陽光，沐浴著暖色系的金絲，光束，溫熱地起的風，是情侶在陽光底下的影子。

春季

是戀人的絮語
松鼠又活躍起來
蹤跡在樹林間　草坪上
跳躍著

那大地泥土的青綠色與棕色
是眼底瞳孔在月光下的深度

湖邊　風起浪擺
溫柔的召喚　等待　跟隨　陪伴
和人身上溫度一般溫度的浪花
沒有差異的時空界限
同樣高底起伏的坡度

頻率是彩虹間連接起來的暗號
鴿子振翅時的風聲
你的名字　我的名字

銘刻在那千百年前
相同交疊在石碑上的影子

春天
她醒了
她又可以記憶了

釀文學198　PG1466

記憶　零度C
——陳乙緁散文集

作　　者	陳乙緁
責任編輯	辛秉學
圖文排版	杜心怡
封面設計	蔡瑋筠

出版策劃	釀出版
製作發行	秀威資訊科技股份有限公司 114 台北市內湖區瑞光路76巷65號1樓 電話：+886-2-2796-3638　傳真：+886-2-2796-1377 服務信箱：service@showwe.com.tw http://www.showwe.com.tw
郵政劃撥	19563868　戶名：秀威資訊科技股份有限公司
展售門市	國家書店【松江門市】 104 台北市中山區松江路209號1樓 電話：+886-2-2518-0207　傳真：+886-2-2518-0778
網路訂購	秀威網路書店：http://www.bodbooks.com.tw 國家網路書店：http://www.govbooks.com.tw
法律顧問	毛國樑　律師
總 經 銷	聯合發行股份有限公司 231新北市新店區寶橋路235巷6弄6號4F 電話：+886-2-2917-8022　傳真：+886-2-2915-6275

出版日期	2016年7月　BOD一版
定　　價	350元

Printed in Taiwan

國家圖書館出版品預行編目

記憶 零度C：陳乙緁散文集 / 陳乙緁著. -- 一
版. -- 臺北市：釀出版, 2016.07
面；　公分. -- (釀文學；198)
BOD版
ISBN 978-986-445-125-8(平裝)

855　　　　105009619

讀者回函卡

感謝您購買本書，為提升服務品質，請填妥以下資料，將讀者回函卡直接寄回或傳真本公司，收到您的寶貴意見後，我們會收藏記錄及檢討，謝謝！

如您需要了解本公司最新出版書目、購書優惠或企劃活動，歡迎您上網查詢或下載相關資料：http:// www.showwe.com.tw

您購買的書名：______________________________

出生日期：________年________月________日

學歷：□高中（含）以下　□大專　□研究所（含）以上

職業：□製造業　□金融業　□資訊業　□軍警　□傳播業　□自由業

□服務業　□公務員　□教職　□學生　□家管　□其它_____

購書地點：□網路書店　□實體書店　□書展　□郵購　□贈閱　□其他

您從何得知本書的消息？

□網路書店　□實體書店　□網路搜尋　□電子報　□書訊　□雜誌

□傳播媒體　□親友推薦　□網站推薦　□部落格　□其他__________

您對本書的評價：（請填代號　1.非常滿意　2.滿意　3.尚可　4.再改進）

封面設計____　版面編排____　內容____　文／譯筆____　價格____

讀完書後您覺得：

□很有收穫　□有收穫　□收穫不多　□沒收穫

對我們的建議：______________________________

____

____

____

請貼
郵票

11466
台北市內湖區瑞光路 76 巷 65 號 1 樓
秀威資訊科技股份有限公司 收
BOD 數位出版事業部

（請沿線對折寄回，謝謝！）

姓　名：________　年齡：____　性別：□女　□男

郵遞區號：□□□□□

地　址：________________

聯絡電話：(日)________ (夜)________

E-mail：________________